CE QUI M'APPARTIENT

JOSÉ HENRIQUE BORTOLUCI

CE QUI M'APPARTIENT

Traduit du portugais (Brésil)
par KEYLLA BARBOSA *et* PIERRE MARLIÈRE

BERNARD GRASSET
PARIS

L'édition originale de cet ouvrage a été publiée
par Fósforo en 2023 sous le titre :

O QUE É MEU

Obra publicada com o apoio da Fundação Biblioteca Nacional do Ministério da Cultura do Brasil e do Instituto Guimarães Rosa do Ministério das Relações Exteriores do Brasil.

Ce livre a été publié avec le soutien de la Fundação Biblioteca Nacional du ministère de la Culture brésilien et de l'Instituto Guimarães Rosa du ministère des Affaires étrangères brésilien.

BIBLIOTECA NACIONAL

IGR
Instituto Guimarães Rosa

Photo de couverture : © Gettyimages.

ISBN 978-2-246-83786-2

« Il n'existe pas de texte sans filiation. »

Roland BARTHES

« De toutes façons, nous souhaitons un miracle de huit millions de kilomètres. »

Graciliano RAMOS

Se souvenir et raconter

> « Si mon père, toujours à faire son absent : et le fleuve – fleuve-fleuve, le fleuve – à perpétuité »
>
> João Guimarães Rosa,
> « A terceira margem do rio »

Rappelle-toi que cet aéroport, ton père l'a construit pour que tu puisses t'envoler. J'entends cette phrase chaque fois que je me rends à Guarulhos pour prendre l'avion. Je l'ai toujours à l'esprit, mais j'ai mis du temps à comprendre. Ce père, chauffeur routier, qui rentre chez lui pour rendre visite à sa femme et ses enfants. Qui s'arrête mais repart aussitôt. Ils arrivaient, lui et son camion, un couple, presque une seule et même chose, une entité de trop et de pas assez, massive et éphémère. Moi, jeune garçon, je voulais qu'elle reste, je voulais qu'elle s'en aille, je voulais partir avec elle.

Mon père a prononcé cette même phrase sur le chemin de l'aéroport, en août 2009, le jour de mon départ aux États-Unis pour y commencer mon doctorat en sociologie. Pendant les mois où je préparais le déménagement, je lui ai montré plusieurs fois l'État du Michigan sur une carte. Nous avons calculé la distance entre Jaú et Ann Arbor, où j'allais passer les six prochaines années. Mon père ne comprend pas le monde universitaire, il n'en saisit pas les titres ni les codes. Il n'a qu'une vague idée de ce que signifie soutenir une thèse. En revanche, les distances, il connaît.

Huit mille kilomètres séparent les deux villes. Ce chiffre ne l'a pas impressionné. Il avait parcouru cette distance des centaines de fois au cours des cinq décennies passées. Un jour, il m'a demandé de calculer combien de fois il serait possible de faire le tour de la Terre avec la distance qu'il avait parcourue en tant que chauffeur routier. *Et si c'était possible d'arriver jusqu'à la Lune ?*

Dans l'imaginaire de mon père, un voyage de la Terre à la Lune en camion a plus de sens que ma vie de chercheur, de professeur et d'écrivain.

Les mots sont des routes. C'est grâce à eux que nous faisons le lien entre le présent et un passé auquel nous n'avons plus accès.

Les mots sont des cicatrices, les vestiges de nos expériences qui tentent de tailler et de recoudre le monde, d'assembler ses pièces, de relier ce qui persiste à s'éparpiller.

Dans mon enfance, les mots étaient le cadeau que mon père me rapportait de son camion. Ils pouvaient résonner pour eux-mêmes – *cabine, Transamazonienne, remorque, route, mascarets, Belém, saudade* –, ou mettre en récit un monde qui semblait trop grand. Je devais les imaginer dans toutes leurs couleurs, les graver dans ma mémoire, m'y accrocher, car bientôt mon père repartirait tôt ou tard, pour ne revenir que quarante, cinquante jours après.

La plupart de ses histoires racontaient ce qu'il avait vu ou entendu sur la route.

Les autres étaient des inventions fabuleuses : la chasse épique d'un oiseau géant en Amazonie, le bélier rencontré sur une route et devenu compagnon de cabine, les excursions au-delà de la frontière bolivienne avec des groupes de hippies, dans les années 1970. Il mélangeait le réel et le surnaturel. Mon père est capable de décrire en détail l'apparition d'ovnis sur une autoroute du Mato Grosso, des nuits passées dans des villages indigènes isolés, des combats avec des soldats armés, des sauvetages homériques de camions renversés dans des ravins.

Son nom est José Bortoluci. À Jaú, tout le monde l'appelle Didi, mais sur la route, il était Jaú. Il est né en décembre 1943 dans la zone rurale de Jaú, une ville de l'intérieur de São Paulo, cinquième d'une fratrie de neuf frères et sœurs.

Mon père a été scolarisé jusqu'au CM2. À l'âge de sept ans, il a commencé à travailler dans la petite ferme de ses parents, avant qu'ils n'emménagent en ville vers ses quinze ans. Il n'avait que vingt-deux ans lorsqu'il est devenu routier. *J'étais jeune, mais j'avais le courage du lion.* Il a commencé à conduire des camions en 1965 et a pris sa retraite en 2015. C'était un autre Brésil, celui qu'il a parcouru et a contribué à construire, mais qui semble de plus en plus familier ces dernières années : un pays pris dans la logique des frontières, de l'expansion à tout prix, de la « colonisation » de nouveaux territoires, du vandalisme environnemental, de l'émergence progressive d'une société de consommation de plus en plus inégalitaire. Les routes et les poids lourds occupent une place prépondérante dans ce fantasme d'un pays développé, où les forêts et les rivières cèdent la place aux autoroutes, aux orpaillages, aux pâturages et aux usines.

Le camion ramenait mon père, ses vêtements sales et peu d'argent. Ma mère s'angoissait et travaillait doublement, s'occupant de ses deux enfants tout en faisant de la couture pour les autres.

Je suis le fils aîné. J'ai compris très tôt que notre famille vivait sous la menace de la misère, de l'inflation galopante et de la maladie précoce.

Nous nous sommes habitués à vivre dans un état d'incertitude, dans l'urgence des factures à payer, dans le périmètre restreint de ce que nous pourrions manger, connaître, désirer. Nous n'avons jamais connu la faim, parfois grâce à l'aide de voisins, d'amis et de proches. Même quand les revenus de mes parents avaient fondu et que les créances de mon père avaient atteint leur extrême limite. Je me souviens, cependant, d'avoir été habitué à cette sorte de « demi-faim que l'on ressent avec l'odeur du dîner s'échappant des grandes demeures », comme le décrit la poétesse danoise Tove Ditlevsen dans ses Mémoires. Une demi-faim insistante, que l'on apprend à minimiser en lui attribuant le nom trompeur d'« envie ». Dans mon cas, les publicités de yaourts et de céréales sucrées qui envahirent la télévision dans les années 1980 et 1990 attisaient cette sensation. Aujourd'hui encore, elles provoquent en moi une désagréable tentation, comme un écho dissonant de ces désirs passés.

Donnés par un oncle ou par des amis de la famille ou bien achetés dans des friperies, une bonne partie des vêtements que mon frère et moi avons portés pendant nos vingt premières années de vie étaient de seconde main. Ma mère, qui faisait de la couture pour aider aux dépenses du ménage, veillait à ce qu'ils soient parfaitement reprisés et propres. Les plus neufs étaient les « vêtements pour aller à la messe », les plus vieux ceux à porter en semaine.

Notre maison était petite et étouffante, construite à l'arrière de celle de mes grands-parents. La cuisine, dépourvue de faux plafond, prenait l'eau à la moindre averse. C'est là que mon frère et moi faisions nos devoirs après l'école, là que ma mère travaillait toute la journée. Le bruit de fond de la maison, c'était celui de la machine à coudre et de la radio réglée sur une station locale. Beaucoup de travail, peu d'argent, on n'avait pas le temps de défaire ce qui avait été tissé : dans cette histoire, il n'y a ni Ulysse ni Pénélope.

Ma mère détestait qu'il fume à l'intérieur. Aussi, lorsqu'il était à Jaú, mon père passait la plupart de son temps assis sur une marche, entre la cuisine et la petite cour qui reliait notre maison à celle de mes grands-parents maternels. Cette marche, frontière entre le dedans et le dehors, matérialisait la place indéterminée que mon père occupait pour moi. Cet homme était à la fois une partie essentielle de ma vie et un visiteur saisonnier qui perturbait le rythme de nos journées.

Les factures ne cessaient jamais. Dans l'atmosphère de la maison flottait une terreur silencieuse, associée à l'expression « chèque spécial », que j'ai apprise dès mon plus jeune âge. Et surtout, « dette » : un mot étouffant qui envahissait les pièces comme la fumée d'une cigarette. Ce mot arrivait en camion et restait là, même après le départ de mon père. Encore aujourd'hui, le mot « dette » m'évoque l'odeur du tabac et l'image de la marche de la vieille maison de mon enfance.

Il ne reste presque aucune trace écrite de ces cinquante années sur la route – juste deux cartes postales envoyées à ma mère et quelques factures jaunies dans un tiroir. Mais mon père se souvient de beaucoup de choses, et ses *madeleines** surgissent au moment où l'on s'y attend le moins : une image à la télévision lui rappelle la fois où il est resté plusieurs jours sans manger, embourbé sur une route au sud du Pará. Une brève à la radio sur un grave accident routier ouvre une malle remplie d'histoires ; les nombreux carambolages qu'il a vus et la poignée d'autres qu'il a subis ; des histoires de villages, de chasseurs, de lointains paysages tropicaux, de compagnons – certains fidèles, d'autres non, la plupart décédés. Des récits qui défilent et se recomposent sans l'aide de photos ou de notes. Ce qui reste, c'est la mémoire d'un homme de presque quatre-vingts ans, déjà un peu embrumé par le temps.

J'ai vu tellement de choses, mon fils. J'aurais dû prendre des photos, écrire. Il n'y avait pas de téléphone portable ni rien de ce genre. Ça n'existait pas. La seule chose que j'aurais pu faire c'était

* En français dans le texte. Toutes les notes sont du traducteur.

prendre des photos avec un Kodak, cet appareil photo noir et blanc, mais ton père n'en a jamais eu. Parce que si j'avais enregistré tout ce que j'ai fait, tu aurais ressenti la plus grande fierté pour ton père. Ce qui m'appartient, c'est tout ce que j'ai vu et gravé dans ma mémoire. Donc la seule chose que je peux faire, c'est d'essayer de me souvenir et raconter.

De ces cinq décennies, il reste peu de photos sur lesquelles apparaît mon père, deux ou trois seulement ont été prises pendant ses voyages. La majorité d'entre elles enregistrent sa présence à des dates importantes où il était avec sa famille, à Jaú.

Sur l'une d'elles, nous sommes tous les deux dans la cuisine. C'est mon premier anniversaire. En novembre 1985. Il me porte pendant que mes cousins chantent autour du gâteau. Des ballons colorés, des gobelets en plastique bleu, une bouteille de Coca en verre. Ses mains me tiennent fermement, et j'ai l'air confiant ; je maintiens mon corps droit, le bout de mes pieds touchant légèrement la table avec mes petites baskets rouges. Je fixe la caméra, les yeux écarquillés et attentifs, tandis qu'il me regarde. Mes cheveux étaient plus clairs qu'aujourd'hui, et les siens n'avaient pas encore perdu leur teinte : ils sont peignés en arrière, longs, brillants et enduits de Trim, l'huile coiffante utilisée pendant des décennies, jusqu'à ce qu'il décide récemment de ne plus s'en servir et de garder ses cheveux courts – la même coupe que celle de mon grand-père dans sa vieillesse. Mes petites mains blanches posées sur la peau de mon père, brûlée par le soleil, marquée par ce bronzage inégal, typique des routiers. Il l'arbore encore aujourd'hui, même si sa peau a pâli, désormais parsemée de taches et de cicatrices. Une petite main sur son bras, l'autre agrippant les doigts qui me tiennent. C'est l'une des rares photos sur laquelle ma mère ne figure pas – aurait-elle pris la photo ?

Quelques jours après la fête, mon père reprenait la route pour ne revenir à Jaú que bien plus tard. Peut-être pour Noël, ou pour la naissance de mon frère, six semaines après. Dans un journal que ma mère a tenu du début de sa liaison avec mon père en 1976 jusqu'à ma naissance, à peu près, elle décrit ce temps morcelé par la distance : « Didi, combien je t'aime, je te le répéterais un million de fois si tu étais ici à côté de moi tous les jours. Mais je sais que c'est presque impossible parce que je dois travailler et toi aussi, pour que nous puissions atteindre l'idéal auquel nous avons rêvé. La distance apporte la *saudade*, mais jamais l'oubli. »

Je ne sais pas quel est idéal dont elle parle, ni si elle pense aujourd'hui l'avoir atteint. Ces notes datent du 3 juin 1976, mais le ton se répète des dizaines de fois dans les pages du carnet au cours des neuf années suivantes.

Isolé chez lui en raison de l'effondrement du système de santé dans la région de Jaú, l'une des plus touchées par le coronavirus en ce triste début de l'année 2021, mon père semblait enthousiaste à l'idée de raconter ses histoires. J'ai commencé à les enregistrer en janvier de cette année-là, chaque fois que je venais les voir, lui et ma mère ; toujours à l'occasion de soirées d'été. Et après dîner. Il préférait me parler au milieu du jardin, allongé dans un vieux hamac acheté vers 1970 dans une ville du Piauí et qui l'a toujours accompagné dans ses voyages.

Mon fils, cette conversation que nous avons ici, tu la garderas comme un souvenir, car tu sais que ton père partira bientôt.

Après l'un de ces enregistrements, il s'est demandé à voix haute s'il serait encore là pour voir ce livre publié. Je me pose la même question depuis décembre 2020, lorsqu'il m'a parlé pour la première fois de douleurs étranges au ventre et du sang qui, depuis quelques semaines, apparaissait dans ses selles.

À l'heure où j'écris ces lignes, au début de l'année 2021, mon père, âgé de soixante-dix-huit ans, commence un traitement contre un cancer de l'intestin. La tumeur a poussé dans son corps, s'est répandue dans notre vie de famille puis a débarqué dans ce livre.

Le cancer a été diagnostiqué le 29 décembre 2020, avant que je ne commence ma série d'entretiens, mais après lui avoir dit que j'aimerais enregistrer nos conversations, pour l'entendre parler de la route, des histoires de sa vie, de ses anecdotes, de ses souvenirs et de tout ce qu'il aurait envie de raconter.

La première fois que j'ai mentionné que j'allais écrire un livre, il m'a demandé si ça serait une bonne chose pour moi. J'ai répondu que oui, je le pensais. *Si c'est bien pour toi, je suis content.*

La veille du diagnostic, j'étais à São Paulo. J'avais passé l'après-midi à scruter des cartes des fleuves de l'Amazonie et des routes de la région nord du pays. Je m'étais renseigné sur les périodes d'inondation et de sécheresse, sur le moment le plus propice pour se rendre aux plages de rivière, pour y naviguer ou contempler la nature environnante. J'ai commencé à planifier un voyage le long de la Transamazonienne – pourrais-je me débrouiller sans savoir conduire ? J'ai commandé trois cartes, du genre immense, qui se déplient et se replient, ainsi que des guides détaillant les autoroutes qui percent la forêt.

Ces voies d'asphalte construites avec l'aide de mon père dans cette région qu'il a traversée toute sa vie.

Cette même nuit, un tuyau dans mon appartement a éclaté. L'eau a inondé toute la salle de bains, une partie de la cuisine, le couloir d'entrée puis s'est rapidement répandue à l'extérieur. Alertée, la concierge de l'immeuble m'a appelé, paniquée. J'étais sorti de chez moi mais j'ai pu rapidement revenir. Le salon était la principale pièce touchée, tout était recouvert d'une épaisse nappe liquide, plusieurs centimètres d'eau sur le plancher en bois, comme un miroir qui tremblait légèrement, reflétant les lampes, les fauteuils, les plantes et ma silhouette. Ce petit appartement de la région centrale de São Paulo, si différent de la maison où j'ai grandi, avec des meubles modernes qui me permettaient enfin de créer quelque chose qui ressemblait à un foyer d'adulte de classe moyenne, était rempli d'eau. Jusqu'aux tibias.

J'ai ressenti de l'excitation et de la peur. L'eau en dehors de son cadre naturel semblait trop pittoresque, un mauvais présage, comme si elle était sortie d'un roman colonial de Marguerite Duras ou d'une peinture surréaliste. L'eau a trempé mes chaussures, la doublure de mon pantalon, les oreillers, les meubles en bois et s'est infiltrée par mille petites fissures dans le plancher du salon, le déformant à jamais. Dans la chambre, mon chat s'était réfugié sous le lit, l'un des rares endroits épargnés par l'inondation.

Le cancer est aussi un trop-plein : il est matière déplacée, en expansion frénétique.

J'ai appelé mes parents le lendemain matin et j'ai demandé à ma mère le résultat de la biopsie qu'ils venaient de récupérer au laboratoire. Elle a eu du mal à lire ce mot étrange. Elle a préféré l'épeler, et je l'ai écrit sur un morceau de papier : a-d-é-n-o-c-a-r-c-i-n-o-m-e. Lettre à lettre, le mot s'est formé, chaque lettre se joignant aux autres comme une cellule pour former un nouveau signifiant, un mot-masse.

Une recherche rapide sur Google m'a permis de comprendre que « adénocarcinome » est le terme médical désignant un certain type de tumeur qui affecte les tissus épithéliaux glandulaires, comme celui du rectum, le cas de mon père. Ce mot a été le premier des nombreux autres à intégrer le lexique de notre famille au cours des mois suivants. La maladie n'est pas seulement un phénomène biologique, c'est aussi un nouvel empire de mots, un enchevêtrement de vocables et d'expressions qui colonisent notre langage quotidien. Nous en avons tous fait l'expérience ces dernières années, lorsque le coronavirus nous a fait plonger dans ce lac sémantique de « moyennes glissantes », de « protéine Spike », d'« immunité collective », de « fenêtre immunitaire » et tant d'autres. Dans ma famille, nous étions entourés de mots qui se multipliaient rapidement et se mettaient à circuler dans le corps de mon père, s'attachant à lui et lui donnant de nouveaux contours.

« Stomie », « colostomie », « marqueurs tumoraux », « scanner », « tumeur colorectale », tous ces mots et ces expressions se sont agrégés. Sans compter « néoplasie maligne » la plus cruelle sans doute, parce qu'elle dit la tragédie mais qu'elle est aussi la plus sincère.

Dès les premières consultations, j'apprends que le tabou du mot « cancer » ne se limite pas aux patients et à leur famille. Même quelqu'un de vigilant aurait du mal à le trouver sur les comptes rendus médicaux, les examens, dans le monde hospitalier ou dans les conversations entre les médecins et les infirmiers. « Il a cette maladie-là », c'est la phrase typique pour désigner ce mal, et il suffit d'avoir un peu vécu pour se rendre compte que « cette maladie » ce n'est ni la grippe, ni le choléra, ni la pneumonie. Le non-dit semble la rendre encore plus vivante – dans ce silence, nous savons tous qu'il s'agit du cancer.

Susan Sontag a admirablement écrit : « Chacun détient à la naissance deux citoyennetés, l'une du royaume de la santé, l'autre de la maladie. Bien que nous préférions tous n'utiliser que le bon passeport, chacun de nous est obligé, tôt ou tard, au moins un temps, de nous identifier comme citoyen de l'autre endroit. » L'écrivaine américaine a bien connu cet état de double appartenance lors de son traitement contre le cancer : trente années de rémissions et de rechutes qu'elle a dû affronter.

Mon père circule avec ce nouveau passeport. Les marques qu'il porte – la poche de colostomie, la sonde urinaire –, et les rituels auxquels il est soumis – les allers-retours aux hôpitaux, les chirurgies – attestent de sa nationalité pour le monde des morts.

Dans un célèbre dialogue du *Soleil se lève aussi* d'Ernest Hemingway, un vétéran de guerre et millionnaire ruiné explique à un collègue comment sa déroute économique a eu lieu :

« Comment avez-vous fait faillite ?

— De deux façons. Progressivement d'abord, et puis brusquement. »

En observant mon père ces dernières années, j'ai compris que vieillir obéit aussi à ce double mouvement. On vieillit pas à pas : les muscles deviennent plus fragiles, de nouvelles douleurs surgissent dans le corps, la cataracte brouille peu à peu la vue, l'oreille cesse d'entendre les nuances, les plus simples escaliers deviennent des obstacles olympiques ; les opérations chirurgicales, les hospitalisations et le décès des proches commencent à dominer les conversations.

On vieillit aussi brutalement. Le grand saut pour mon père fut le diagnostic du cancer colorectal et le traitement qui s'est ensuivi.

Après la quarantaine, la vie passe vite, mais elle a l'air de s'envoler depuis que je sais pour la maladie.

« Cardiopathie grave », disent les dossiers ; « votre père est un patient compliqué », disent les médecins qui l'accompagnent ; « pour vous, il y a peu d'options de traitement », répète l'oncologiste à chaque consultation.

Des souvenirs émergent et s'entremêlent : mon père se rappelle que son propre père et deux de ses frères sont morts d'un cancer de l'intestin. *Ma grand-mère Maria l'a eu aussi. Elle a été opérée de la tumeur le jour de l'inauguration de Brasília. Après quoi, elle a vécu encore un peu, je pense pas qu'elle en est morte, j'en suis pas sûr.*

Parce qu'il avait le cœur fragile, les médecins n'ont pas pu opérer mon père pour retirer la tumeur. C'est du moins ce qu'a conclu le premier chirurgien, mais les avis médicaux nous semblaient rarement convaincants. Le doute est devenu la condition permanente de son traitement. Nous n'avons jamais été certains qu'il n'était pas opérable, et en même temps, nous étions terrorisés à l'idée qu'il subisse une opération.

J'écris entre deux désastres. Le premier affecte le corps de mon père. Le second est collectif, national. Il nous entoure, nous engloutit, nous étouffe. Nous avons été dévastés par l'expérience politique de ces dernières années : celle d'un rire macabre devant des tas de morts que nous ne pouvions même plus compter.

Il en va des grandes fortunes et des corps comme des pays, ils peuvent s'effondrer selon le double rythme du progressif et du soudain. Certes, la crise actuelle s'inscrit dans la longue et violente histoire du Brésil. Mais le soudain de notre mal collectif s'est produit en octobre 2018, quand notre barbarie incarnée a été choisie pour occuper la plus haute fonction de la République.

Quelques mois plus tôt, cette année-là, le pays a été frappé par une mystérieuse grève des chauffeurs routiers. Dix jours de mai au cours desquels les travailleurs de la route ont fait irruption sur la scène politique tel un spectre gênant. Depuis, les « chauffeurs routiers » sont devenus un sujet aux contours incertains qui hante l'imaginaire brésilien, terrifiant les politiciens d'opérette et excitant les leaders opportunistes qui aimeraient récupérer cette force politique, avec la menace d'une répétition des événements de 2018.

Le corps de mon père, déjà parcouru de cicatrices, en gagnerait davantage avec le diagnostic de décembre 2020. Il est entré en territoire étranger et nous l'avons suivi de près, comme des voyageurs sans carte qui demandent leur chemin ou se laissent guider par l'intuition et les souvenirs d'autres périples.

En avril 2021, une poche de colostomie a été fixée sur le flanc gauche de son abdomen. Elle doit être nettoyée plusieurs fois par jour et remplacée une fois par semaine. Il n'a pas d'autre choix que s'y habituer car ces poches l'accompagneront toute sa vie, recueillant les excréments éliminés par une stomie, une sorte d'anus sans sphincter reconstruit à partir d'une déviation de l'intestin vers la surface de l'abdomen. Viennent, ensuite, les nombreuses séances de radiothérapie et la succession affolante de rendez-vous médicaux, examens, hospitalisations, toujours précédés d'innombrables heures d'attente dans des salles bondées.

Peu après cette chirurgie, la prostate de mon père s'est hypertrophiée et il n'a plus été capable d'uriner. On a dû lui mettre une sonde urinaire qui l'a accompagné pendant trois mois, jusqu'à ce qu'une autre intervention chirurgicale – un « rabotage de la prostate » – rétablisse partiellement cette capacité physiologique de base, du moins pour un certain temps. La stomie fonctionne bien et mon père s'est acclimaté aux rituels désagréables de l'entretien et du nettoyage, mais une hernie s'est formée à cet endroit. Cette énorme protubérance le gêne, déforme son corps et l'oblige à porter une grande gaine serrée en permanence.

Le temps s'écoule au rythme constant de l'attente des prochains résultats. Nous sommes tenus par la peur d'éventuelles opérations à venir, de l'aggravation de son état cardiaque, ou l'annonce de nouvelles tumeurs.

Les mots « nodules » et « poumon » sont apparus pour la première fois en février 2022, lorsqu'une autre spécialité médicale, la pneumologie, est venue participer au long inventaire de son corps. Tout comme elle est entrée, elle est sortie de la scène un mois plus tard, lorsque les médecins, après plusieurs examens, ont conclu qu'il ne s'agissait « probablement » pas d'une nouvelle tumeur. Non, on n'avait pas besoin de parler de métastases, du moins pas encore.

Comment raconter la vie d'un homme ordinaire ? Je fais face au défi du silence des sources. Ceux qui construisent le monde, qui écrivent leur histoire avec leurs mains et leurs pieds, avec des paroles et des chants, avec leur sueur et leur peau marquée, sont effacés des archives. J'essaie de pénétrer les terres nomades de ceux qui n'avaient pas l'habitude de photographier, qui n'ont pas écrit beaucoup de journaux, qui n'ont pas donné d'entretiens ou qui n'ont pas été filmés. Comme le suggère Brecht, je suis à la recherche des bâtisseurs de palais et de murailles, non des nobles et des généraux qui les commandent ; des cuisiniers, des chauffeurs, des jardiniers et des caméristes et non des notables dans les lieux de pouvoir.

Un héros oublié. Après cinquante ans passés dans un camion sur la route, je peux l'affirmer avec certitude : un chauffeur routier est un héros oublié. Il est maltraité, méprisé. Il n'y a que vous qui m'avez pas oublié. Personne pour nous valoriser. Personne pour voir la souffrance de se lever à deux heures du matin, de conduire jusqu'à vingt-trois heures trente/minuit, de ne pas manger, de risquer de mourir dans un accident, de se faire voler, la dureté d'être loin de sa famille.

J'aime l'entendre parler de son quotidien, des sensations et des petits souvenirs qui rythmaient ses journées : « Le récit de ses sentiments, de ses pensées et de ses mots. J'essaie de saisir la vie quotidienne de son âme », comme nous l'enseigne Svetlana Alexievitch. Je me surprends à tenter de découvrir les détails de ses arrêts sur la route, les endroits où il mangeait, où il prenait sa douche, les odeurs qu'il sentait, à qui il parlait. Ce qu'il a vu et qu'il me raconterait, ce qu'il ne me raconterait jamais, ce qu'il ne fait que suggérer, ou ce que sa mémoire a déjà perdu.

D'entrée de jeu, je renonce à me laisser guider par mon parcours universitaire et à produire une histoire sociale des chauffeurs routiers brésiliens, ou une sociologie historique d'une catégorie professionnelle dont mon père ne serait qu'un « cas ».

Ce n'est pas non plus une biographie. Malgré ma curiosité, il ne s'agit pas de mettre en lumière la « vérité des faits », les lieux précis qu'il a parcourus, les personnes qu'il a rencontrées, les sommes qu'il a gagnées et celles qu'il devait. Ce père ne peut pas être raconté ainsi : il n'existe pas. L'homme qui se nomme José Bortoluci, fils de Demétria et de João, né en 1943 à Campinho, une enclave rurale de la ville de Jaú, marié avec Dirce ; père de José Henrique et João Paulo, catholique, chauffeur routier, supporter de l'équipe de foot Palmeira, grand cuisinier, cardiaque depuis ses quarante-huit ans, à la retraite « pour inaptitude » et actuellement patient en oncologie, cet homme existe peut-être et le raconter serait la tâche d'un biographe. Mais les biographes ne s'attardent pas sur la vie des gens comme lui, un travailleur, un homme ordinaire, qui a peu lu et peu écrit, qui n'a pas dirigé de grandes entreprises, n'a pas commandé d'armées ni gouverné de pays ou conquis de territoires.

La manière dont il raconte son histoire semble trahir les règles d'unité et de sens qui sont présentes dans la plupart des biographies. Parfois, je fais mienne la pensée de Roland Barthes : contre l'autoritarisme unificateur de la biographie, j'essaie de recourir « à quelques détails, à quelques goûts, à quelques inflexions, disons des “biographèmes”, dont la distinction et la mobilité pourraient voyager hors de tout destin et venir toucher, à la façon des atomes épicuriens, quelque corps futur ».

Ces atomes épicuriens circulent à travers les mots de mon père, unissant des époques et des scènes différentes. Ils peuvent apparaître sous la forme d'un voyage vers le chemin de fer Madeira-Mamoré, le fameux « Chemin de fer du Diable », appelé ainsi à cause du grand nombre d'ouvriers morts lors de sa construction au début du XXe siècle.

Je crois que c'est en 67 que ça s'est passé, ça fait tellement longtemps que je m'y perds. On a roulé de São Paulo à Rio Branco do Acre, pour apporter des machines à une usine qu'ils étaient en train d'installer là-bas. Mais je ne savais pas que de Porto Velho à Rio Branco, il y avait pas de route. On arrivait à Porto Velho, on mettait le camion sur un wagon et on faisait cinq cents kilomètres en train. C'était une vraie aventure dans la forêt. Il y avait six ou sept petites gares où le train s'arrêtait pour récupérer les marchandises des Indiens, des orpailleurs et des caoutchoutiers. Là, on trouvait un petit bar, de la cachaça, de la tubaína, et rien d'autre. Donc pour ce voyage, j'ai chargé mon camion sur un train à Porto Velho, on a attendu trois jours avant de partir et on a mis cinq jours pour faire quatre cents kilomètres. Cinq wagons tirés par une locomotive à vapeur. À chaque gare, on devait refaire le plein de charbon, c'était le carburant de la machine.

Quelques années plus tard, en 1972, le chemin de fer long de 366 kilomètres a été désaffecté. L'image d'un vieux train à traction hydraulique déchirant lentement la forêt renvoie aux délires de l'occupation coloniale de l'Amazonie du début du XXe siècle, aux centaines d'ouvriers morts pour la construction de cette ligne et à l'arrogante conquête de la forêt.

L'ancien chemin de fer du Diable est le fossile de nos inlassables projets nationaux. Il préfigure les chantiers de Brasília, de la Transamazonienne, de Belo Monte, des stades construits pour la Coupe du monde 2014 et de tant d'autres projets qui ont servi de cartes postales à notre modernité de façade. *Cinq petits wagons et un moteur à vapeur* traversant l'État de Rondônia ; un des nombreux gestes orgueilleux, destructeurs et ratés d'« occupation territoriale » que le capitalisme brésilien appelle encore « progrès ».

Que faire des mots de mon père ? Comment les écouter, les transcrire, les réorganiser sans qu'ils perdent leur consistance et leurs couleurs ?

Je renonce à nommer cette quête qui entremêle passé et présent, l'histoire nationale et la vie d'un ouvrier, des faits et des fables, des déplacements et des condensations, de l'oralité et de l'écriture, des différents registres de langue qui se chevauchent dans la transcription – qui est déjà un processus de traduction qui n'a rien d'innocent.

Alors que mon père tente de reconstruire des pans entiers de son histoire, des événements de sa vie s'entrechoquent sur la route qui s'ouvre entre lui et moi. Et cette histoire, je ne peux l'écrire qu'en tant que fils.

Les questions de méthode et de style, qui m'ont beaucoup préoccupé au début de ce projet, sont devenues des futilités théoriques quand le diagnostic de décembre 2020 est tombé. L'« événement cancer » a résonné comme un signal d'alarme. Il a introduit d'autres liens dans notre famille et resserré les nœuds entre un lointain passé et un présent qui semblait s'enflammer.

Ce temps nouveau était celui des hospitalisations et des examens, le temps lent des salles d'attente et des nombreuses nuits à l'hôpital, des trajets presque quotidiens entre Jaú et São Paulo ; le temps pour l'aider à se laver et à se sécher, à lutter contre la bureaucratie médicale, à décider entre des types de traitements radicalement différents. Le rythme nouveau des changements de sondes, de poches et de couches. C'est dans ce présent embrasé que j'ai écouté le plus attentivement ses histoires.

Nous avons réalisé six longs entretiens, enregistrés entre janvier et février 2021. J'ai également noté nos échanges dans des carnets ou sur le bloc-notes de mon portable. Au cours des deux dernières années, j'ai accumulé des commentaires gribouillés à l'improviste et des phrases entendues au téléphone lors de visites à Jaú, ou pendant les centaines d'heures que nous avons passées ensemble à l'hôpital et dans des cabinets médicaux.

Dans ces conversations, le passé, le présent et le futur se confondent. Le narrateur habite simultanément le temps présent de la parole et le temps passé de l'événement, en plus de faire l'expérience de la tension qui les sépare. Moi qui pose les questions et accueille les réponses, je vis aussi le maintenant de l'écoute, le souvenir des instants passés où j'avais déjà entendu une partie de ces histoires, ainsi que le futur : lecture des enregistrements, transcription et écriture.

Lors de nos entretiens, j'essaie de suivre, de méditer sur le choix du vocabulaire, de faire une archéologie des silences. Au début, mon père insiste sur le fait qu'il n'a pas grand-chose à dire et essaie de comprendre les raisons pour lesquelles j'enregistre. *Je pense que tu garderas ces enregistrements comme un souvenir, pour ne pas oublier mes paroles. J'espère que tu feras bon usage de ce temps qui est le nôtre, que tout se passera bien, que tu seras heureux.*

Parfois, nous découvrons des choses qui étaient à portée de main, mais auxquelles nous n'avions pas été suffisamment attentifs, comme lorsque nous observons notre main et que nous sommes surpris par des lignes que nous avions pourtant vues des centaines de fois auparavant. Ou lorsque nous sommes saisis par notre reflet dans un miroir et que, en une fraction de seconde, nous voyons dans notre propre image le sourire de notre père, le regard d'une grand-mère, l'expression d'un frère, les cheveux d'un oncle que nous ne voyons qu'une fois par an, la posture d'un arrière-grand-père que nous ne connaissions que par des photographies.

Année après année, nous devenons un sujet d'étude, nos proches et nos connaissances nous scrutent avec la clairvoyance d'un généalogiste. Ils nous inscrivent dans une lignée anatomique, gestuelle, affective et lexicale centenaire. Nos corps et nos voix ne cessent d'annoncer la maison de nos ancêtres et les moyens d'y revenir – ou de tenter de s'en échapper.

Peu de thèmes ont été autant traités dans l'histoire de la littérature que la relation entre parents et enfants. C'est l'un des sujets centraux des grands récits occidentaux, et peut-être de toutes les cultures. Aucun d'entre nous n'échappe à la condition tragiquement humaine de la filiation, même si elle revêt une variété de formes considérables. On naît et on meurt seul, c'est vrai, mais on vient au monde entouré de soins, de gestes et de paroles qui nous marquent à vie. Ils nous relient à nos contemporains et à ceux qui nous ont précédés. Notre existence individuelle s'attache dans le cours des générations, et ceux qui exercent les fonctions de père et de mère sont le bateau grâce auquel nous naviguons sur le fleuve tumultueux de l'histoire.

La filiation, c'est aussi la découverte d'un deuxième fait primordial : nous sommes des êtres de langage. Nous avons hérité des trésors et des terreurs de nos pères et de nos mères, de nos proches plus âgés et de ceux qui vivent dans leur entourage. Notre parole est toujours traversée par des échos. Parler, c'est faire danser les morts à la fête des vivants, c'est parcourir le chemin des générations passées, ponctué de rencontres et de pertes.

Au tout début, nos parents nous parlent et parlent à notre place. Ils inventent un langage pour mettre en mots les balbutiements du bébé. Puis nous naissons avec nos propres mots, que nous apprenons avec eux, sans eux ou contre eux. Cette seconde naissance dure pour la vie.

Nous passons notre existence à construire notre propre vocabulaire, à composer une parole, à réinventer des expressions que nous avons entendues à une époque lointaine. Nous utilisons des mots poussiéreux pour aimer et haïr, pour exprimer la satiété ou la faim, comme nous le faisions à table dans notre enfance. Aujourd'hui encore, je dis « augmenter » le volume de la télé comme le fait ma mère ; comme ma grand-mère Isaura, j'invoque tous les saints et la Vierge Marie lorsque je suis surpris ; je crie des blasphèmes que j'ai entendus de la bouche de mon père (*Dio porco ! Morphetico !*) et je ris avec mon frère lorsque l'un de nous se souvient d'un mot ou d'une expression que nous avons inventés lorsque nous étions petits.

Devenir adulte, c'est se rapprocher et s'éloigner de ce dialecte familial, de la langue vivante de l'enfance. Ce n'est pas une tâche facile. Nous accomplissons un très long travail pour élire des mots, être choisis par d'autres, en rejeter beaucoup, nous rebeller contre des termes et des usages, constituer une archive personnelle et, avec le temps, fabriquer un récit hésitant, hybride, comme un chœur toujours désaccordé, dans lequel les basses et les aigus, les mots anciens et nouveaux ne cessent de produire une curieuse dissonance.

Nous ne pouvons parler notre propre langue qu'une fois nos comptes réglés avec la langue de nos parents.

À présent tu sais

> « De fait, tout le monde avait des parents acteurs de l'Histoire. Et les miens, alors, qui étaient-ils ? Des figurants ? »
>
> Maria Stepanova

L'histoire de ma famille est une petite pièce du puzzle de la classe ouvrière transatlantique – et dans notre cas d'une classe ouvrière blanche. Mes grands-parents et mes parents font partie de ces travailleurs qui avaient peu d'argent et n'ont jamais vraiment pu compter sur la protection de l'État. Mais ils ont bénéficié de ce que Du Bois appelle le « salaire public et psychologique » des Blancs, une prébende que nous avons reçue à vie, simplement parce que nous ne descendions pas d'indigènes ni d'Africains réduits en esclavage.

Les immigrés européens pauvres ont été habilement exploités par les élites brésiliennes pour servir leur dessein : remplacer la main-d'œuvre esclave, promouvoir une politique de blanchiment et perpétuer la violence de la hiérarchie raciale. Et bien sûr, ces immigrés ont profité des faveurs de cet arrangement cruel, ils étaient du bon côté. Cette forme d'« appartenance » à la nation a donné le ton dans la vie privée et le monde du travail. Des étrangers et des étrangères, pauvres et illettrés à leur arrivée, mais dotés de ce bénéfice racial, un vrai privilège transgénérationnel sur lequel eux et leurs descendants ont pu capitaliser au fil du temps.

Mon grand-père paternel, Joanim (personne ne l'appelait João), était le fils aîné d'un couple italien. Demetria, ma grand-mère paternelle, était fille d'Espagnols. À l'exception des parents de cette grand-mère, tous mes arrière-grands-pères et arrière-grands-mères étaient italiens, ce qui est très commun dans la région de Jaú qui a attiré un grand nombre de paysans européens entre les dernières décennies du XIXe siècle et les premières du XXe, la plupart d'entre eux étant employés dans les plantations de café.

Les parents de mon grand-père Joanim étaient des paysans d'un village près de Gênes. Un cousin plus âgé a découvert, des dizaines d'années plus tard, que Giuseppe et Maria avaient quitté le nord-ouest de l'Italie vers 1910 pour l'Amérique du Sud. L'histoire du nom de famille est quelque peu nébuleuse. Je me souviens d'une théorie jamais prouvée selon laquelle mon arrière-grand-père, en Italie, se nommait Giuseppe Bortoluzzo, mais avec le changement de continent, de langue et les aléas administratifs, les Bortoluzzo ont fini par devenir Bortoluzzi, puis Bortolucci, avec deux « c ». Bortoluci, avec un seul « c », c'est juste mon père, mon frère João Paulo et moi : une erreur d'enregistrement à la mairie a amputé le deuxième « c » et créé cette petite branche des Bortoluci.

Ce « nouveau monde » – catholique, rural, patriarcal et marqué par le racisme et l'inégalité – était à la fois similaire et différent de celui d'où ils venaient : les régions pauvres de l'Italie rurale à la fin du XIXe et au début du XXe siècle, la périphérie de la périphérie de l'Europe. Ces immigrés fraîchement arrivés pouvaient caresser le rêve d'une nouvelle vie. Économiser un peu d'argent, ouvrir un petit commerce ou, qui sait, acheter un lopin de terre avec frères et cousins, comme l'a fait mon grand-père Joanim. Ils pouvaient ainsi aspirer à une histoire familiale moins marquée par les privations, l'analphabétisme et la mortalité infantile.

Les disputes et accords entre ces migrants à peine arrivés dans un pays qui avait aboli l'esclavage quelques décennies plus tôt étaient le fruit d'une âpre négociation éthique : se marier avec quelqu'un de plus pauvre, sans biens fonciers ou d'une autre origine était condamnable ; se marier avec une personne noire était inconcevable.

Demetria et Joanim se sont mariés en janvier 1940. Mes tantes racontent, à voix basse et entre les dents, que la petite propriété acquise par la famille de mon grand-père suffisait à susciter la méfiance à l'égard de ce mariage. Grand-mère Demetria était « métayère » en plus d'être « espagnole ». Maria, mon arrière-grand-mère italienne, n'approuvait pas l'union entre son fils et cette jeune lavandière. Outre les origines de la jeune fille, le statut de fils aîné de Joanim et le fait qu'il était déjà orphelin de père donnaient encore plus d'importance au rôle que devait jouer sa femme, une sorte de seconde matriarche, en concurrence avec *Nonna Maria*.

On suppose que de vieilles tantes ont fait des promesses et jeté des sorts contre le mariage. Certaines sœurs de mon père, encore aujourd'hui, évoquent ces malédictions et se demandent si ce n'est pas pour cette raison que toutes les filles de grand-mère Demetria sont devenues veuves si jeunes, et que le grand-père Joanim a perdu le peu d'argent qu'il avait.

Mes grands-parents paternels ont eu neuf enfants. Tous sont nés dans la petite propriété rurale de la famille de mon grand-père. Ma grand-mère Demetria, en dix ans, a donné naissance à neuf bébés. Continuellement enceinte, elle allaitait, travaillait dur, voyait ses enfants partir et revenir de l'école et aidait à la ferme. Elle a vu l'un d'entre eux mourir alors que les autres n'étaient pas encore nés. Mon père est le cinquième, deuxième enfant parmi les garçons, mais le premier à atteindre la septième année, âge où lui et ses frères ont commencé à travailler dans les champs avec leurs parents et leurs oncles. La vie au travail commençait avant la vie scolaire et se prolongeait bien au-delà, elle jouait un rôle déterminant dans la formation des garçons et des filles.

Mon père a étudié jusqu'au CM2 dans une école rurale du district de Barra Mansa, à Jaú. *On jouait beaucoup pendant les récréations. Le goûter était le moment le plus apprécié. Les enfants se réunissaient, s'asseyaient par terre et partageaient leur collation, tous ensemble, tous mélangés.* De la classe et des cours, il se souvient très peu. Il a commencé la sixième, mais cela l'obligeait à prendre le train pour la ville tous les jours, marcher plusieurs kilomètres jusqu'au collège, puis retourner à pied chez lui, où il arrivait après quinze heures, ce qui l'empêchait de travailler dans les champs. Mon père a quitté le collège après seulement quelques mois pour rester à la ferme à temps plein. Il avait dix ans.

Toutefois, cette courte période de scolarisation a permis à mon père et à ses frères de se distinguer culturellement par rapport à la génération précédente. Aucun de mes quatre grands-parents n'est allé à l'école. Ils ont tous appris à lire et à écrire à la maison pendant leur enfance – à l'exception de mon grand-père maternel, Aristides, qui n'a été alphabétisé qu'à l'âge de quarante ans grâce au Mobral, un programme pour adultes institué par la dictature militaire comme alternative au projet de Paulo Freire. Lorsque je demande à mon père si mes grands-parents lisaient et écrivaient, il me répond que oui, qu'ils avaient appris grâce à des oncles ou des frères aînés qui connaissaient les bases de l'alphabet et du vocabulaire.

Isaura, ma grand-mère maternelle, avait une mémoire prodigieuse et, comme mon père, aimait raconter des histoires. Peu après ma première rentrée scolaire, réalisant que j'aimais le monde des livres et des salles de classe, grand-mère Isaura m'a raconté qu'elle avait appris à lire et à écrire dans la ferme où elle était née en feuilletant le vieux dictionnaire de son père, après que son frère aîné lui eut appris l'abécédaire. Pendant de nombreuses années, elle a rêvé d'aller à l'école, de pénétrer dans une salle de classe et de s'asseoir à une table d'écolier. Isaura a réalisé ce rêve lorsque ma mère – sa fille aînée – a commencé ses études à l'âge de sept ans.

Mon père décrit son histoire comme une vie de labeur. Dans l'univers social où il a été élevé, le plus grand péché est la paresse ; la grammaire morale oppose les « travailleurs » aux « bons à rien ». Il ne faut surtout pas être ou paraître « bon à rien ». C'est le travail qui donne forme au temps, qui délimite les différentes époques et définit la place de chacun dans le monde.

Devenir un homme, c'était quitter le monde de l'école et faire du travail manuel le destin de son corps en formation. Ainsi, il pouvait suivre les pas de son père.

J'ai commencé à travailler à l'âge de sept ans sur un tracteur, pour labourer la terre. À l'époque, grand-père Joanim avait une modeste ferme avec ses frères, et aussi un petit tracteur. Et tu sais comment sont les enfants… Je le regardais conduire, je montais sur l'engin. Ces tracteurs de jadis étaient comme les jouets d'aujourd'hui, minuscules, mais j'étais encore trop petit. Je ne pouvais pas m'asseoir sur le siège, alors je restais debout sur l'étrier. Et je labourais la terre tout l'après-midi. Je sortais de l'école, j'allais aux champs et j'y restais jusqu'à cinq ou six heures du soir. De sept à dix ans, j'ai eu cette vie jusqu'à ce que je quitte l'école, après il n'y avait plus que la ferme. À l'âge de quinze ans, mes parents ont déménagé en ville et je suis allé bosser dans un garage où je suis resté pendant sept années. Ça s'est passé comme ça : de sept à quatorze ans j'ai conduit un tracteur, de quatorze à vingt et un ans environ, j'ai travaillé comme mécanicien, et à vingt-deux, j'ai quitté le métier de mécanicien pour devenir routier.

Les familles des deux frères de mon grand-père vivaient également à la ferme.

Seize enfants qui ont grandi ensemble entre l'école, la maison, les jeux et le travail.

Notre boulot consistait à sortir les veaux l'après-midi pour traire les vaches le lendemain matin, à éplucher le maïs pour le donner aux cochons, à nourrir les poules... Les filles les plus âgées s'occupaient des plus petits. On s'amusait avec des petits camions, on jouait à traire, à cueillir des fruits, ce genre de choses.

Les jeux étaient une manière de se préparer à une vie de travail. Mes tantes jouaient à la cuisine et à la couture. Ma mère, couturière presque toute sa vie, a appris son métier de petite fille en confectionnant des robes pour Pelada, une poule née sans plumes.

Parmi les sept frères et sœurs de mon père qui ont atteint l'adolescence, seuls les deux plus jeunes ont poursuivi leurs études au-delà du CM2. L'un d'eux, Paulo, a obtenu un diplôme de tourneur-fraiseur à l'issue d'un BTS et s'est installé, jeune, à São Bernardo, où il a travaillé toute sa vie dans des usines métallurgiques. À soixante ans il est mort d'une crise cardiaque foudroyante, quelques mois avant de prendre sa retraite. Le plus jeune a fait des études de médecine, avec l'aide de ses frères. *Toninho, qui était le plus petit, nous avons réussi à le diplômer médecin ; mais lui aussi, d'un coup, sa carrière s'est arrêtée, il est mort, il devait avoir une soixantaine d'années.*

J'ai toujours été frappé par l'usage du verbe « diplômer » : diplômer comme une mission collective, pouvoir « diplômer quelqu'un », et surtout pouvoir diplômer collectivement un jeune frère, comme c'était le cas dans certaines familles ouvrières de cette génération.

Les sœurs : trois couturières et une tante plus jeune qui, tout au long de sa vie, a travaillé – et travaille encore, à soixante-treize ans –, exerçant des métiers divers dans des magasins et des écoles. Et l'oncle Nelson, un an plus jeune que mon père, également chauffeur routier, qui est décédé à l'âge de cinquante-huit ans des suites d'un accident vasculaire cérébral. *Il est mort le jour de la finale de la Coupe du monde 2002, le jour où le Brésil est devenu champion pour la cinquième fois. Je n'ai même pas vu la finale.*

Son frère Roberto, d'un an son aîné, est mort à l'âge de cinq ans, de la façon dont mourraient les enfants pauvres des zones rurales : un mal de ventre soudain, des soins médicaux précaires et la mort qui frappe prématurément.

Mort de quoi ? On ne sait pas trop. Quand il est arrivé chez le médecin de ville, il a vite rendu l'âme... Personne ne m'ôtera de la tête qu'il s'agissait d'une péritonite. Il souffrait beaucoup, à la ferme on lui donnait des infusions, et on priait. Quand on a vu que son état s'aggravait, que sa fièvre ne descendait pas, on l'a emmené à Jaú. Je pense qu'il était déjà mort à son arrivée.

Étant l'aîné des garçons ayant atteint l'adolescence, mon père est devenu le premier factotum de mon grand-père, lequel a dû lui-même *devenir un homme* très tôt pour aider sa mère à s'occuper de ses frères et sœurs. *Grand-père Joanim était le chef de la fratrie.* Il a dû assumer, adolescent, de plus en plus de responsabilités dans la ferme familiale quand son père est mort. Comme mon père, mon grand-père avait sept frères. Comme lui aussi, il était connu pour fabriquer et réparer n'importe quoi.

Il aimait aussi chasser. Mon père adorait l'accompagner, gambader avec lui, courir derrière les cailles et les perdrix qu'il tirait. Lorsque le chien de chasse le plus aimé de Joanim est tombé malade, mon père a dû l'abattre. Molerão était un chien d'arrêt des plus habiles. Le tuer aurait été trop douloureux pour mon grand-père.

Il n'y avait rien à faire, le chien avait une tumeur à la tête. Grand-père m'a dit : « Abrège ses souffrances, prends le fusil et monte sur la colline ; là, tu lui tires une balle dans la tête et tu reviens. » Le chien et moi sommes partis de la maison jusqu'à un endroit isolé au sommet d'une colline. Même malade, il fallait voir sa joie : Molerão me voyait avec le fusil, pensant que nous allions à la chasse. Il courait devant, revenait, me sentait. Et le moment est venu où j'ai dû l'abattre.

Mon père avait douze ans à cette époque, et je devais avoir le même âge lorsque j'ai entendu cette histoire pour la première fois.

À douze ans, il avait déjà quitté l'école et assumait ce genre de mission. Je pense à lui adolescent, se sacrifiant au nom de son père pour lui épargner la douleur. Un garçon de plus dans la lignée des fils qui, appelés par leur père – ou forcés de grandir tôt par l'absence de cette figure –, n'ont d'autre choix que de répondre « me voici ». Devenir un homme signifie apprendre à travailler comme son père, à prendre soin de la famille, mais aussi à faire usage de la violence lorsque nécessaire, à être prêt à prendre le fusil et à accomplir un acte de compassion sanglant.

Quand je suis parti pour tuer Molerão, j'ai pris le gros calibre de grand-père Joanim. Il m'a dit : « Reste près de lui et tire dans la tête, pour ne pas le rater. » Le tir de ce fusil faisait des énormes trous de plomb, il n'y avait pas moyen de rater. J'entends et je pense le contraire, à savoir qu'il y avait de nombreuses façons de manquer la cible, mais je ne fais pas de commentaires à ce sujet. Mon grand-père Joanim a emmené mon père avec lui au Paraná lorsqu'il a investi tout l'argent qu'il possédait, fruit de décennies de travail, dans une petite plantation de café. Mon père me raconte que les frères de mon grand-père se sont partagé la ferme de Jaú et que, avec sa part, Joanim a acheté une parcelle de terre dans le nord du Paraná. Une journée durant, ils ont roulé dans la vieille Chevrolet de mon grand-père sur des chemins de terre.

Lorsque le Paraná a ouvert ses portes, il n'y avait que du café et des caféiers qui ressemblaient à des manguiers, c'était impressionnant. La plantation était presque prête, on allait faire la première récolte. C'était une terre fertile à faire peur, le café en devenait noir. Mais il y avait beaucoup de gelées.

Mon père, à l'âge de quatorze ou quinze ans, aidait mon grand-père à dresser la clôture, à construire le grenier à grain et à préparer la terre de la ferme où la famille prévoyait de s'installer. Ils y restèrent un mois, un mois et demi, ensemble.

Ce qui s'est passé ensuite explique pourquoi ton grand-père est mort ruiné. Il a acheté cette nouvelle ferme avec l'argent qu'il avait obtenu en vendant sa part de la ferme de Jaú ; il a investi cette somme dans cette terre au Paraná et comptait sur la récolte du café, déjà sur pied, pour financer le reste ; mais quand le gel est arrivé, il a tout perdu. Tout. Il a dû aller à la banque pour refinancer l'ensemble. Lorsque le café fut à nouveau sur le point d'être récolté, une autre vague de gel est tombée. Cette fois-ci, les arbres ont brûlé jusqu'au tronc, jusqu'au sol. Une gelée qui a vraiment tout détruit, c'était affreux. Ce que mon père a dû faire, c'est vendre pour payer la banque et nous sommes repartis sans rien.

Lorsqu'il m'a raconté cet épisode pour la première fois, j'avais une vingtaine d'années. Mon père a conclu son récit par le verdict suivant : *à présent, tu connais ton histoire.* Connaître mon histoire, c'était découvrir comment se perpétuait le destin de classe qui a défini le milieu social dans lequel je suis né et j'ai grandi. Les caféiers prêts à être récoltés dans la petite propriété du Paraná étaient le pari de mon grand-père et de mon jeune père. L'opportunité de vivre une vie plus prospère et plus sûre, un nouveau départ, moins marqué par le fantôme des factures à payer, des dettes à recouvrer, du travail épuisant et aliénant en échange de salaires dérisoires. Le rêve d'une vie meilleure, brisé par le gel.

Le jour de la mort de sa mère, en 2008, alors que nous étions seuls à veiller son corps, j'ai entendu mon père se lamenter à voix basse : *elle s'en va sans rien laisser.* Je suppose qu'il ne parlait pas comme un fils qui se désole de ne pas recevoir une partie d'un héritage, mais comme un père qui avait peur de « ne rien laisser » à son tour, de finir comme un rouage de plus dans le cycle de reproduction de la classe ouvrière, dans un pays qui a fait de l'inégalité sa marque de fabrique, un cruel ciment social. À ce moment-là, ce n'était pas seulement à sa mère morte qu'il s'adressait, mais à mon frère et à moi, à nos « je » futurs devant le corps inerte d'un père qui serait probablement un jour veillé par nous. Ces deux maximes – *et à présent tu connais ton histoire* ; *partir sans rien laisser* – étaient sa façon de raconter l'échec d'un projet d'ascension sociale qui reliait deux continents et quatre générations.

En janvier 2015, la veille d'une nouvelle opération cardiaque risquée, il a calculé à voix haute ce que son employeur lui devait : deux ou trois congés non payés, un salaire en retard, le remboursement de quelques factures. C'était peu, mais mieux que rien. Nous étions tous les deux dans cette chambre d'hôpital étouffante. Il faisait l'inventaire de ses biens, un geste qui condensait en un chiffre l'histoire de son travail et qu'il m'adressait comme un bref testament improvisé.

De même qu'on ne naît pas femme, qu'on le devient, on devient homme dans un contexte historique spécifique, à l'intérieur de certaines relations sociales et marqué par la présence de valeurs et de codes culturels. Dans le cas de mon père, l'univers dans lequel s'est forgée sa virilité est celui des relations familiales traditionnelles, hiérarchisées, imprégnées d'un langage moraliste et catholique typique des zones rurales de São Paulo au milieu du XXe siècle, au sein d'une catégorie professionnelle dans laquelle opèrent des codes patriarcaux rigides.

Aujourd'hui encore, mon père comprend que sa valeur en tant qu'homme est liée à son travail, à son rôle de pourvoyeur, à sa capacité à résoudre les problèmes du quotidien. Il a des crises d'autorité lorsque les choses ne vont pas comme il le souhaite – même les plus petites choses, comme ne pas se mettre immédiatement à table pour le déjeuner lorsqu'il nous appelle. Il râle chaque fois que quelqu'un l'interrompt dans un discours. Il aime s'asseoir en bout de table et déteste que l'on attire son attention pendant qu'il conduit, pour l'avertir de l'arrivée d'une voiture ou du changement de couleur d'un feu. Le ton de sa voix oscille entre la jovialité et le grognement contrarié. Il se plaint, jure et se bat avec la télévision tout le temps.

Il n'a jamais estimé que ma mère avait besoin d'apprendre à conduire et cela l'a toujours dérangé qu'elle travaille comme couturière, servante ou tout autre métier qu'elle a exercé au cours de sa vie. Pour lui, le monde est séparé en choses masculines et féminines. À l'exception de la cuisine, qui bouscule cette division traditionnelle, puisque chez nous, la cuisine est aussi son espace.

Il a passé sa jeunesse à Jaú, où il s'est installé avec sa famille à l'âge de quinze ans, après l'échec des affaires au Paraná. Être un homme et un jeune homme dans cette région signifiait avoir une vie de labeur, mais aussi d'alcool et de fêtes. Le rituel quotidien de la cachaça avec les collègues de travail ou avec les cousins et les amis du quartier était sacré. Les visites fréquentes dans les maisons closes aussi. Le catholicisme traditionnel brésilien n'a jamais lutté contre le droit des hommes à payer pour avoir des relations charnelles. Il a toujours considéré les prostituées comme des versions modernes des sorcières et la prostitution comme un mal nécessaire au maintien de l'ordre patriarcal fondé sur le droit sexuel inaliénable des hommes et l'assujettissement des femmes.

De nombreuses vieilles maisons situées près de la gare routière de Jaú étaient des hôtels de passe, ouverts en permanence, à quelques encablures de la mairie et de l'église Notre Dame do Patrocínio. L'église, la mairie et les bordels formaient une sorte de Sainte Trinité politique à l'intérieur du pays : catholicisme, patriarcat et clientélisme local.

Mon père était un jeune homme attirant. À dix-huit ans, sur sa photo d'identité, il est en tenue militaire, les cheveux courts, en brosse. D'habitude, il les portait plus longs, coiffés en arrière. Il a toujours eu beaucoup de cheveux, et c'est encore le cas aujourd'hui. Ses yeux clairs se détachent sur son visage mince, une minceur qu'il perdra par la suite, surtout à partir de vingt-deux ans, lorsqu'il commencera à conduire des camions. À l'époque où il effectuait son service militaire, il était connu pour s'échapper de la caserne et aller dans les bars et les bals. Au cours d'une de ces escapades, il a été surpris dans une fête par son commandant qui l'a puni en lui ordonnant de nettoyer la caserne pendant plusieurs semaines. Lors d'une autre aventure, il s'est inscrit à une course de dix kilomètres en ville, mais s'est enfui dès les premiers mètres ; il est apparu douché, coiffé et en habits du dimanche pour saluer sa mère et ses sœurs qui l'attendaient, anxieuses, derrière la ligne d'arrivée.

Les récits de cette époque sont marqués par des scènes récurrentes : l'habileté avec laquelle il réparait les moteurs, les beuveries qui l'ont entraîné plusieurs fois à l'hôpital, les grandes fêtes chez mes grands-parents avec ses frères, les copines, les neveux, les oncles et les tantes. J'imagine qu'il était aussi un grand séducteur ou du moins entreprenant. Avant ma mère, il n'a eu aucune petite amie, ce qui ne l'a pas empêché d'avoir de nombreuses amantes et aventures d'un soir. « Papa, c'est ici que tu as été mis en prison ? » je plaisante en lui montrant la petite maison d'arrêt à côté du commissariat de Jaú. *Oui, mais je ne suis resté qu'une nuit.* Je suis surpris, et lui aussi, pensant qu'il s'agissait d'une question sincère. Mais une fois les choses au clair, il me raconte que, dans sa jeunesse, il a passé une nuit en cellule après avoir été arrêté par des policiers dans les environs de Jaú. Il était en train de coucher avec une fille au milieu d'un champ de canne à sucre, dans la vieille voiture de son père qu'il empruntait pour ce genre de frasques.

Mon père ne s'est jamais intéressé à la politique. Pour lui, comme pour la plupart de ses amis et connaissances, la politique apparaît comme un phénomène saisonnier, surtout pendant les élections, et encore sans aucune ferveur. À ses yeux, peu importe le candidat qui remporte les suffrages, car *le lendemain, il faudra travailler comme hier*.

Ce qui ressort de cette idée, une fois de plus, c'est sa cartographie éthique qui divise le monde entre les bonnes personnes et les bons à rien (qu'ils soient riches ou pauvres, politiciens ou non). Dans cette optique, la politique est pleine de bons à rien ; les « bons » politiciens sont une exception, et l'intégrité n'a pas grand-chose à voir avec leur idéologie ou leur appartenance à un parti. Les deux questions les plus importantes sont les suivantes : cet homme politique est-il une personne intègre ? Ma vie s'est-elle améliorée ou dégradée ces dernières années ? Cette manière de voir l'État et la politique est, pour lui, plus concrète que les idées forgées par les élites intellectuelles afin de donner un sens au champ politique (démocratie, fascisme, socialisme, gauche, droite…).

Mon grand-père Joanim, au contraire, semble avoir observé avec plus d'intérêt la scène politique du Brésil et de l'Italie de ses parents. Il écoutait *A voz do Brasil* tous les soirs et a gardé pendant des années un tableau de Mussolini sur le mur de la ferme où mon père et ses frères ont grandi. Pour eux, le Duce était « le vieil homme sur le mur ».

Le tableau était là, dans le salon. Il aimait ce vieil homme sur le mur. Même lorsque ma famille a quitté la ferme pour venir à Jaú, lui et moi étions au Paraná, en train de construire un grenier pour stocker le café. Nous y sommes restés, je crois, trente ou quarante jours. Entretemps, ma mère et mes frères ont décidé de s'installer en ville parce qu'il n'y avait plus rien à la ferme… ils ont donc loué une maison à Jaú. Et pendant le déménagement, ils ont jeté le tableau. Ma mère n'a pas voulu apporter le vieux accroché au mur. Mon père était très en colère quand il est arrivé et qu'il ne l'a pas vu. Il criait : « Où est Mussolini ? Où est Mussolini ? »

J'ai appris cette histoire il y a quelques années. Beaucoup d'enfants d'Italiens de cette époque avaient de l'affection pour l'image du leader fasciste, et n'ont pas pardonné à Vargas son alliance avec les pays alliés pendant la Seconde Guerre mondiale, après des années de flirt avec l'Axe. Je ne sais pas si c'est le cas de mon grand-père, je ne le saurai jamais. J'ignore ce qu'il savait de Mussolini et du fascisme, ni pourquoi il accordait autant de valeur à ce vieil homme sur le mur.

J'ai interrogé mon père au sujet de Mussolini. Il m'a répondu : *C'était un Italien. Je ne sais pas parler de ce genre de chose, la politique, non, je ne sais pas.*

Lorsque j'avais sept ans, mon père est rentré à Jaú avec de fortes douleurs à la poitrine. À l'époque, il travaillait à Vargem Grande do Sul, une ville située au nord de l'État de São Paulo. Son état était grave. Je me souviens que nous lui avons rendu visite à l'hôpital São Judas de

Jaú, autour du Nouvel An 1993, avant qu'il ne soit transféré à Ribeirão Preto, où il devait subir une délicate opération du cœur. Mon frère, ma mère et moi avons emprunté ces rampes en lino pour aller à sa rencontre. L'hôpital avait des murs jaunis, une palette de couleurs fatiguées et humides que seuls les vieux hôpitaux peuvent offrir, avec la lente accumulation d'humeurs de toutes sortes. Et puis cette petite pièce très blanche dans laquelle mon père, affaibli dans sa robe de chambre bleue, a été conduit par une infirmière. Je savais que cela pouvait être un adieu définitif.

Il a survécu à l'opération avec d'immenses cicatrices, cinq pontages coronariens, une batterie de médicaments à prendre tous les jours et des contrôles de routine qui l'accompagneront à jamais. Pendant de nombreuses années, j'ai eu la conviction que je devais être le gardien de sa vie ; une intensification de ce que j'avais déjà ressenti autrefois, lorsque je jetais ses briquets et ses paquets de cigarettes en cachette. Je prenais peur dès qu'il forçait sur la nourriture : il n'a jamais renoncé aux grandes portions de viande, à tout assaisonner d'huile et de sel, et à l'alcool le week-end. Le voir boire de la bière lors des fêtes de famille provoquait chez moi une profonde tristesse et un terrible sentiment d'impuissance. Je n'étais pas seul : je faisais écho à la peur de ma mère et l'amplifiais. Le médecin qui l'a opéré pour la première fois du cœur, apprenant qu'il fumait depuis des décennies (trois paquets de Hollywood par jour, enchaînant les clopes), a suggéré à ma mère de lui donner des cigarettes si elle voulait finir veuve.

Un an après sa chirurgie, mon père a repris la route. Il s'est installé à Jaú et s'est fait embaucher dans une entreprise de transport de sable et de pierres. Les vingt années qui ont suivi, il a travaillé du lundi au samedi, de quatre heures du matin à six heures du soir.

Avec ce nouveau boulot, et après un an d'abstinence, il rentrait à la maison empestant le tabac. Ma mère la sentait sur ses mains et ses vêtements, cette odeur, et moi je la percevais de loin, mélangée à celle de sueur et de poussière qu'il portait après une journée de travail. Il devançait toujours nos questions en disant que tous ses collègues fumaient.

Presque deux ans sans fumer. J'ai rejoint cette entreprise de transport de sable et, lors de mon premier déplacement, j'ai acheté un paquet de cigarettes merdiques. Je rentrais à la maison en puant. « J'étais à côté de je ne sais qui, il fume », je te disais à toi, à maman, à Jão. Jusqu'au jour où tu m'as surpris. C'était la dernière cigarette que j'ai mise dans ma bouche. Tu t'en souviens ? C'était lors du défilé anniversaire de Jaú. Jão participait à la parade. Je suis allé garer la voiture et je suis revenu en fumant, je pensais que vous étiez plus loin. Nous sommes rentrés à la maison, tu n'arrêtais pas de pleurer sur le canapé. Et papa a dit : « J'ai déjà jeté la cigarette et je veux que le diable me réserve la pire place en enfer si un jour j'en mets une autre dans ma bouche. » Je n'ai plus jamais fumé et je ne le ferai plus. Mais il y a des moments où je me souviens encore de la cigarette, je me souviens de cette foutue cigarette…

Au cours des derniers mois, j'ai pensé d'innombrables fois à Télémaque, le fils d'Ulysse, le héros homérique, et au fils anonyme de *La*

Troisième Rive du fleuve, le conte troublant de Guimarães Rosa. Enfants de voyageurs, de ce genre d'hommes qui vivent de départs et de retours incertains. Une fraternité les lie, même si la distance et les siècles les séparent – de l'antique Ithaque au sertão[1] du Minas Gerais à l'orée de la modernité. Tous deux cherchent un père qui est et n'est pas, qui envoie parfois des signaux discrets et ambigus, qui habite un espace entre la vie et la mort, entre le bruit des masses humaines et l'immensité mystérieuse des eaux.

Télémaque se lance en mer à la recherche d'un père qu'il ne voit pas, mais dont il recueille les récits tout au long de son chemin. Le fils anonyme au bord de la rivière attend le retour d'un père qu'il peut voir, mais qui ne dit rien. Ces pères imposent une énigme presque indéchiffrable, et tous deux vivent du désir et de la crainte que le père revienne.

Dans *La Troisième Rive du fleuve*, après l'inespéré salut du père, le fils avoue : « J'ai souffert du grave froid des peurs, je suis tombé malade. »

1. Région semi-aride située au nord-est du Brésil.

Est-il vraiment possible de rentrer chez soi après avoir mené des batailles, approché des êtres magiques, affronté une profonde solitude, connu le monde ?

Lorsque j'avais cinq ans, mon père m'a apporté un petit cheval en plastique lors d'un de ses passages à la maison. Avant qu'il ne parte, j'ai caché le jouet dans sa valise pour qu'il ne m'oublie pas.

À l'âge de sept ans, j'ai demandé à mes parents de m'emmener à la bibliothèque municipale de Jaú. Nous n'avions pas de livres à la maison, à l'exception de la Bible, du catéchisme et des livres de prières. La même année, j'ai demandé un globe terrestre en cadeau. Je m'intéressais au monde et j'y réfléchissais déjà à travers des représentations et des mots différents de ceux de mes parents.

À peu près à la même époque, j'ai commencé à jouer le rôle de Jésus-Christ dans des pièces de théâtre lors des messes dominicales dans la chapelle de l'hôpital de Jaú, où mon frère et moi chantions dans la chorale.

Nous sommes devenus plus tard des enfants de chœur. Pendant des années, j'ai récité les paroles des Évangiles, j'ai interprété la multiplication des pains et la guérison des malades, tout en apprenant à poser ma voix pour être à la hauteur du rôle. Cette voix d'autel habite toujours ma manière de parler.

Dès mon entrée à l'école, j'ai été considéré par les enseignants, les directeurs et les camarades de classe comme un petit prodige. Cette reconnaissance a pris la forme de bulletins scolaires brillants, de prix dans des concours de rédaction, de déplacements dans des conférences et rencontres internationales, de présidence de collectifs et d'assemblées d'étudiants, d'articles dans les journaux de l'école et de la ville, de bourses d'études, d'excellents résultats aux concours et examens d'entrée, et de diplômes d'honneur.

Dans un rêve d'enfant récurrent, je conduisais mes amis à la bibliothèque de notre école pour les sauver d'un énorme monstre qui attaquait la ville. Parmi les livres, nous serions en sécurité.

Barthes, lui aussi voyageur entre les langues, note que « la langue maternelle du sujet vieillit – d'autant plus qu'il s'agit toujours de la langue de la classe d'origine des parents – à un rythme à peine perceptible, car l'usure est quotidienne ». À treize ans, j'ai presque complètement perdu mon accent de Jaú, avec ses « r » typiquement paysans et ses « t » et « d » tranchants. La langue est aussi une maison. Consciemment ou non, j'essayais d'ouvrir des voies vers une autre façon d'habiter le monde alors que je vivais encore sous le toit de mon enfance.

Le fossé qui me séparait de mes parents se creusait au fil des années scolaires, des médailles obtenues aux Olympiades de mathématiques ou d'astronomie, des interviews accordées aux journaux et aux télévisions de la région, qui s'empressaient de relater les résultats scolaires de ce garçon de la campagne, fils d'ouvriers, élève de l'école publique puis boursier.

Même si je ne comprenais pas vraiment ce que signifiait chacune de ces réussites, mes parents les ont toujours célébrées plus que moi. Ils les racontaient à tous ceux qu'ils croisaient, dans les queues devant les boulangeries, dans les salles d'attente ou dans les conversations après la messe. Ma mère conservait chaque article de journal, médaille et diplôme dans un dossier bleu ; mon frère vivait avec ces incessantes comparaisons (« Lequel des deux est le plus intelligent ? ») ; mon père vendait des billets de tombola et demandait de l'argent à ses amis pour financer certains de mes voyages.

Il m'a fallu beaucoup de temps pour comprendre que mes succès scolaires n'étaient pas seulement les miens, mais une sorte de projet familial.

Envie de voir

« Les hirondelles sont de retour
Et moi aussi »

Trio PARADA DURA,
« As andorinhas »

Entre quinze et vingt-deux ans, mon père a travaillé dans un garage de véhicules lourds. Un jour, grand-père Joanim l'a emmené chez M. Italo, un mécanicien italien, et lui a demandé s'il avait un emploi pour son fils aîné. M. Italo était un homme de petite taille et têtu, aux bras forts et au visage rubicond, un monsieur qui dégageait une forte odeur de cachaça et de tabac brun. Il a appris à mon père à réparer des moteurs, à souder des carrosseries, à résoudre des problèmes mécaniques, à construire des remorques en tôle. C'est mon père qui avait fabriqué et installé le portail de la propriété où se trouvait le garage. Il n'y avait pas si longtemps qu'il avait été remplacé. Quand nous passions devant, il ne manquait jamais de commenter cette œuvre de jeunesse.

Mon père était entouré d'hommes plus âgés que lui, aussi bien ses collègues que les clients qui apportaient leurs tracteurs ou leurs camions pour les faire réparer. *Il y avait des mécaniciens qui travaillaient là-bas depuis huit, dix, quinze ans et qui n'avaient jamais monté un moteur. Moi, après deux ans de boulot, je le faisais déjà. Je suis tombé amoureux de la mécanique.*

C'est là qu'a débuté son apprentissage en grand, celui d'un jeune homme débarqué d'une bourgade dans les années 1950. En plus de travailler, il buvait et fumait avec ses amis dans le bar de Mme Olanda, juste en face du garage. C'est là également qu'à dix-sept ans, il a fait un coma éthylique qui est entré dans la légende familiale : après avoir réparé un énorme moteur allemand d'une usine de céramiques, une tâche que de nombreux collègues considéraient comme impossible, il a pris une cuite terrible qui l'a laissé inconscient pendant trois jours. À l'hôpital, ma grand-mère Demetria pleurait à son chevet, certaine d'avoir perdu un autre fils.

Le garage de M. Italo était un lieu où se racontaient et s'entendaient des histoires. Les vieux, avec leur fort accent, aimaient partager les souvenirs de leur enfance : des apparitions de diable au bord des rivières, le bruit des bombes et des coups de feu pendant la guerre, des légendes de la campagne dans le sud de l'Italie. Mon père écoutait les récits des routiers, des travailleurs anonymes, venus d'ailleurs, de passage à Jaú pour faire la révision de leur camion avant de reprendre la route. Ce sont eux qui ont éveillé chez mon père le désir de voir d'autres mondes.

J'étais un bon mécanicien, j'apprenais vite, j'aimais réparer des moteurs. Et dès qu'un camion à réviser arrivait au garage, le conducteur se mettait à raconter ses voyages. Peu à peu, je suis tombé sous le charme, je voulais voir comment c'était. Envie de voir, de connaître les lieux, de ressentir la souffrance dont il parlait, de vivre des aventures. Je me suis embarqué.

Être chauffeur routier à l'époque, c'était s'accrocher à l'espoir d'améliorer ses finances en tant que travailleur indépendant. La profession promettait à un jeune homme – il n'y avait pratiquement pas de femmes dans le métier – de devenir une sorte de petit entrepreneur, sans avoir besoin d'un bac ou du soutien économique de ses parents, ou de l'aide de l'État.

Entre les années 1960 et 1980, peu de routiers étaient employés dans des entreprises de transport. La plupart des professionnels conduisaient leur propre camion, le plus souvent acheté en leasing, avec des dizaines de mensualités, rarement remboursées jusqu'au bout. C'était le cas de mon père, transporteur depuis trente ans, toujours sous le joug des échéances à payer. Le camion s'abîmait vite sur les routes précaires de l'époque ; il fallait alors l'échanger contre un nouveau modèle ou investir dans de coûteuses pièces de rechange pour franchir les vastes distances du pays. Les routes, non goudronnées, étaient parsemées de bourbiers, de forêts vierges, de chantiers et autres obstacles.

Les crédits étaient faciles à obtenir et les marques internationales ne cessaient de lancer de nouveaux modèles. Le parc industriel du Brésil s'étendait et la demande en poids lourds augmentait, surtout pendant ce que l'on a appelé le « miracle économique », entre la fin des années 1960 et le début des années 1970. Ce miracle illusoire a eu le camion comme condition de possibilité dans un pays-continent quasiment dépourvu de chemins de fer et doté d'un maigre réseau fluvial pour le transport de marchandises.

C'était un va-et-vient : chargement à São Paulo et départ pour Boa Vista, déchargement là-bas et chargement pour Belém, chargement à Belém et départ pour São Luís do Maranhão, chargement à São Luís et départ pour Recife... On arrêtait, chargeait, déchargeait et ainsi de suite. Je faisais la boucle jusqu'à São Paulo puis je rentrais chez moi. Chaque fois que je quittais Jaú, je ne savais pas quand j'allais revenir.

Le « progrès » était le mot magique de la dictature militaire, et il se mesurait en kilomètres de nouvelles autoroutes, de nouvelles usines et de nouveaux aéroports. Le progrès était notre baleine blanche, toujours en fuite, et les camions des nefs remplies d'hommes en quête de survie, de fortune et d'aventure. Des hommes qui étaient les bras et les roues des plans grandiloquents des généraux et des hommes d'affaires enfermés dans des bureaux, des cabinets, des officines ou des sous-sols lointains.

Le camion n'était pas seulement un outil de travail, mais un investissement qui nécessitait des années d'efforts et des emprunts importants. En travaillant dur, souvent tard le soir au volant et sous l'effet de stimulants chimiques, le chauffeur espérait rembourser le prêt contracté pour l'achat de son véhicule et améliorer la situation financière de sa famille. Acquérir un terrain pour construire une maison, mettre plus de nourriture sur la table, acheter de nouveaux meubles dans les grands magasins qui ouvraient partout dans le pays, aller à la plage une fois par an. Avec un peu de chance, il pourrait un jour échanger son poids lourd contre un plus récent ou un plus grand, ou même en acheter un deuxième et rêver d'une petite flotte, en embauchant des chauffeurs, et devenir ainsi un entrepreneur à part entière.

Ce scénario ne se réalisait que très rarement. *Parmi mes amis routiers, un seul est devenu riche : Braga. Il a réussi à créer une entreprise de transport. Il livrait de la pierre et du sable dans la région. Il avait huit ou neuf camions. Mais il est mort d'une crise cardiaque, il ne devait même pas avoir cinquante ans. Ses fils ont mis fin à tout ce qu'il avait acquis. Plus d'entreprise, plus de camions, plus rien.*

Les idéaux de l'entrepreneuriat ne sont pas nouveaux pour les classes populaires brésiliennes. Le « rêve de ne pas avoir de patron » est toujours allé de pair avec celui d'être propriétaire, et tous deux comportent des risques pour les travailleurs : le spectre de la dette, le fléau des taux d'intérêt, la précarité du système d'assurance sociale, les crises économiques successives, le risque réel de tout perdre et l'absence d'alternative. En tant qu'indépendant, mon père a cotisé pour avoir droit à la retraite et toucher seulement le smic après des décennies d'un travail acharné.

Pour obtenir la totalité du fret, les routiers devaient impérativement livrer la cargaison dans les délais prescrits. Ils recevaient dix ou quinze pour cent du fret au départ, ce qui suffisait à couvrir le coût de l'aller, tout au plus. Le reste était payé à la livraison, et il y avait toujours le risque que le destinataire s'entête à négocier le montant initialement convenu, que ce soit en raison de retards, de dédommagements, ou par caprice. Mon père raconte que, pour les longs trajets si la somme finale pouvait sembler attractive ce sentiment premier se dissipait vite : les frais d'entretien ne s'arrêtaient jamais. Il y avait toujours une pièce à changer, le carburant lui vidait les poches, les mensualités s'accumulaient. En fin de compte, il restait peu d'argent à rapporter à la maison.

Qui étaient ces hommes de la route ? Malgré l'importance des chauffeurs routiers dans la vie économique du pays pendant la dictature militaire, les aspirations et les déceptions de la vie au volant n'ont rencontré que peu de représentations dans les arts et la culture brésilienne. Il n'y a presque pas de personnages de routiers dans les télénovelas, les films ou les livres, et ces travailleurs ont été relégués à l'arrière-plan dans l'imaginaire collectif du pays, tel que formulé par les différents mouvements artistiques ou politiques au cours de cette période.

Il ne s'agit pas d'un problème exclusif à cette catégorie, bien entendu. Ce manque est un symptôme des limites de l'intelligentsia brésilienne dans l'élaboration d'images du peuple qui dialoguent avec la vie réelle des travailleurs, avec leurs univers culturels, leurs partis pris esthétiques et leurs parlures politiques. Le « peuple » apparaît généralement dans l'art de cette époque comme une entité abstraite, schématisé dans la formule « peuple pré-révolutionnaire », dans la ligne du marxisme d'alors, ou encore réduit à certains adjectifs comme « folklorique », rural, romantique et pré-moderne. Dans la plupart des cas, les travailleurs réels, dans leur immense diversité, ne correspondent presque en rien à ces modèles.

Il est revenu au genre populaire de produire certaines des représentations les plus significatives de la vie des routiers. *Jorge, un Brésilien*, un livre écrit en 1967 par Oswaldo França Júnior, a connu un certain succès et a ensuite servi de base au scénario du film éponyme réalisé par Paulo Thiago en 1988. Dans un style très romanesque, le livre et le film dressent le portrait d'un chauffeur, confronté à la cupidité de ses employeurs et aux difficultés de la vie quotidienne sur des routes interminables.

Mais plus populaire a été la série *Carga pesada*, diffusée par Rede Globo entre 1979 et 1981, reprise entre 2003 et 2007. Tant la version originale que la reprise racontent les aventures, les amours et les défis d'un duo charismatique de chauffeurs routiers, Pedro et Bino, interprétés par Antônio Fagundes et

Stênio Garcia. Pedro est l'archétype du genre, un homme libre et intrépide à la recherche de femmes et d'aventure, tandis que Bino est son exact contraire : réaliste, terre à terre, père de famille, préoccupé par les charges et l'avenir.

Mais c'est peut-être le genre musical *sertanejo* – la country brésilienne – qui a le plus contribué à la formation d'images et de récits sur la vie des professionnels du volant. Milionário et José Rico ont enregistré « Estrada da vida » en 1977, une chanson qui est devenue leur plus grand succès et l'une des plus diffusées dans les programmes radiophoniques consacrés à la musique *sertaneja*. Ces programmes ont servi de fond sonore à mon enfance. Les deux chanteurs sont la voix du pays intérieur. Ils incarnent l'homme des campagnes qui a « réussi sa vie » et qui aime faire étalage de son luxe, orné de chaînes en or, d'un chapeau de cow-boy, d'une veste en cuir, de lunettes d'aviateur et d'une ceinture à grosse boucle dorée.

Le nom de scène et la performance du duo portaient une promesse de réussite pour ceux qui avaient le courage d'affronter les durs obstacles du travail, de la vie, de la musique et des autoroutes. La chanson a également servi de thème principal au film *Na estrada da vida,* 1980, joué par le même duo et réalisé par Nelson Pereira dos Santos. Il s'agit à la fois d'un documentaire musical et d'un *road-movie,* filmé lors de la tournée des deux chanteurs à travers le Brésil.

Cependant, la tristesse des paroles et de la mélodie d'« Estrada da vida » semble remettre en question cet idéal de prospérité. Elle annonce que ce long chemin de promesses, cette course incessante pour atteindre « la première place », se terminera dans la douleur et que les illusions du progrès seront brisées :

Sur la longue route de la vie,
Je cours et je ne peux pas m'arrêter.
Dans l'espoir d'être champion,
D'atteindre la première place…

Mais le temps a enlacé ma route
Et la fatigue m'a emporté.
Ma vue s'est obscurcie
Et je suis arrivé en fin de course

Ce qui enlace le narrateur dans cette chanson, c'est le temps, et il touche tout un chacun. La classe ouvrière ne fait pas exception. C'est une vision tragique de son odyssée qui est proposée ici, mais surtout du conducteur de poids lourd. Pour lui, le drame s'annonce dans sa littéralité.

Dans la chanson « Sonho de um caminhoneiro », également de Milionário et José Rico, deux amis incarnent les idéaux d'une flopée de chauffeurs routiers professionnels :

Ils étaient deux amis inséparables
Se battant pour le pain et la vie,
Portant leur rêve de ville en ville
De posséder leur camion.

Après d'intenses luttes et sacrifices
Pour payer les échéances dans les temps,
Leur rêve s'est enfin réalisé,
L'employé est devenu le patron.

Encore une fois, la tragédie s'impose, mais le temps n'est plus en cause, l'interruption brutale a lieu sous la forme d'un accident qui coupe court à l'histoire :

Mais le destin cruel et perfide
A donné rendez-vous
La pluie fine et la route mouillée
Contre un camion, il s'est écrasé.

L'un des deux amis est donc décédé alors que les mensualités du camion qu'ils avaient acheté ensemble arrivaient à leur terme et que sa femme était enceinte de leur premier enfant.

Entre les années 1960 et les années 1990, j'ai travaillé dans tout le Brésil, je ne me souviens pas de tous les chantiers. J'ai transporté du matériel à l'aéroport international de Manaus… J'y suis resté un certain temps. À cette époque, il n'y avait pas de route. Pour aller à Manaus, il fallait mettre le camion sur un bateau à Porto Velho et descendre le fleuve pendant cinq jours. J'ai aussi trimé à l'aéroport international de Guarulhos. J'ai transporté quantité de matériel sur la route de Mogi das Cruzes-Bertioga lors de son ouverture pour le bitumage. J'ai aussi charbonné sur la route des Imigrantes et des Bandeirantes. Pareil pour Angra dos Reis lors de la construction de l'usine nucléaire et pour les centrales électriques de Tucuruí au Pará et à Itaipu…

J'ai participé à l'ouverture de la Transamazonienne : je livrais mon chargement, je passais vingt jours, un mois à besogner sur place et je revenais. J'ai aidé à bitumer la route Belém-Brasília quand elle était encore en terre, ça a duré cinq ans. À Serra Pelada, dans les années 1970 et 1980, les chauffeurs de camion apportaient ce qu'il fallait pour exploiter les terres afin d'extraire de l'or : des pièces de tracteur, des outils de forage, du mercure, des pompes pour évacuer l'eau. J'ai travaillé partout, pour le pire et le meilleur.

À la fin des années 1960 et au début des années 1970, le Brésil connaissait une croissance de 8 % par an. Les périphéries des villes s'étendaient en favelas et bidonvilles, dont certains étaient parsemés de logements sociaux gérés par des organismes publics. Les ouvriers ont porté sur leur dos la croissance du pays afin d'honorer les échéances de leur voiture, acheter des briques et du ciment pour aménager la chambre de leurs enfants, ou finir de payer un terrain à la périphérie des villes qui poussaient à la sueur de leur front. Cette classe de prolétaires urbains, sous-payée et en pleine expansion depuis les années 1940, consacrait week-ends et jours de congé à la construction de leur propre maison mais aussi celles des amis et de la famille – souvent des actions collectives ou communautaires – sans le soutien de professionnels qualifiés ou des autorités publiques.

Pour la première fois, des biens de consommation industrialisés et rutilants ont peuplé l'imaginaire de la classe ouvrière. Un univers fait de sucre et de colorants, de plastique et de transistors, de métal et d'essence. Des promesses en couleur véhiculées par les *télénovelas*, par les magazines hebdomadaires et les romans-photos. C'était le fantasme des voitures rapides et des amours tendres de la *Jovem Guarda*. Des rêves d'ascension sociale que la rhétorique du miracle économique a contribué à diffuser, dans ces décennies où la politique officielle a généré une augmentation vertigineuse de la concentration des revenus, de la dette publique et des inégalités.

L'argent a une valeur différente selon le milieu social dans lequel il circule. Dans les classes populaires, on parle avec beaucoup moins de pudeur de ce que l'on gagne et dépense, de ce que l'on paie en loyer, du prix des voitures ou de ce qu'un proche doit aux usuriers. Certes, un individu peut être reconnu pour de multiples raisons, mais l'une des plus gratifiantes est d'être perçu comme quelqu'un qui a « réussi dans la vie » grâce à un travail acharné, et non par la tromperie et le vol. La loi fondamentale – « ne sois pas un bon à rien » – fonctionne comme un baromètre pour évaluer la richesse ou l'infortune des autres et de soi-même.

Pendant des années, mon père m'a demandé combien je gagnais, à combien s'élevait mon loyer, combien j'avais dépensé pour un voyage, dans l'achat de livres ou d'un nouveau téléphone portable. J'ai toujours hésité à répondre. J'étais fier de garder pour moi cette partie de ma vie privée, loin de ses yeux et de ceux de ma mère. La manière dont je gère mes économies est radicalement opposée à la leur :

chez mes parents, l'argent n'est pas un secret ou une abstraction, mais un objet concret, passant de main en main, puisqu'ils n'ont jamais utilisé de carte bleue. Le peu de liquide que leur laisse leur retraite, ils l'ont toujours entreposé dans une tasse en métal, dans le placard de la cuisine, à portée de main de ceux qui avaient besoin de faire des petits achats.

Ce n'est que lorsque j'ai commencé à écrire ce livre que j'ai répondu aux questions de mon père sur mon revenu. Je ne sais pas exactement pourquoi. Peut-être parce qu'à ce moment-là, j'ai compris que connaître le salaire de quelqu'un avait une signification très différente pour mes parents et pour moi. *Je te pose la question sans arrière-pensée, c'est par fierté pour toi.*

Le mot *bourbier* apparaît avec une fréquence étonnante dans les récits de mon père. Plus que tout autre paysage, les bourbiers ont marqué sa mémoire.

La plupart des routes étaient en terre, poussiéreuses, avec des flaques de boue. Pendant la saison des pluies, il y avait beaucoup de bourbiers et il arrivait qu'on reste bloqué pendant cinq, six ou sept jours sans pouvoir sortir le camion. On roulait toujours en convoi de cinq ou six, et quand l'un d'entre nous s'enfonçait et n'arrivait pas à en sortir, on devait attacher deux ou trois camions pour le tirer de là. Impossible d'oublier ça… Je me souviens à peine des beaux endroits, parce que tu passes devant, tu les vois, tu les admires et puis c'est fini. Alors qu'un bourbier, aussi horrible qu'il soit, tu y restes coincé pendant une semaine. Tu comprends ? J'avais l'habitude de mettre les chanteurs de l'époque sur mon lecteur de cassette. On écoutait, on discutait pour passer le temps. Parfois, il y avait un bar à côté, on y allait et on buvait un verre. Ces moments-là, je les ai gardés, ça reste dans la tête, on n'oublie jamais.

Un esprit pragmatique et un certain goût pour le minimalisme étaient essentiels pour relever les défis de la route. Aujourd'hui encore, mon père n'aime pas les décorations, les ornements, les excès. Pas de chichis. Pour lui, les choses doivent être ce qu'elles sont, sans ajouter d'éléments à ce qui les définit.

À l'époque, il était normal de se promener en short, torse nu et avec une casquette sur la tête. C'était ma tenue de travail. Je portais des tongues, mais j'allais pieds nus si je devais marcher dans la boue. Il fallait aussi s'habituer au soleil. J'avais le cuir épais… Aujourd'hui, je suis vieux, ma peau est devenue comme du papier, si je me cogne à n'importe quel endroit de mon corps, ça saigne.

Je pense à cette manière d'ordonner les choses et de traiter le corps, une esthétique pragmatique qu'il suit toujours : les plantes occupent trop de place à l'intérieur de la maison, les bibelots sur les armoires prennent la poussière, l'ail et les oignons valent mieux que des ingrédients compliqués, les vêtements servent à se réchauffer. Aussi, il se met torse nu quand il a chaud, et peu importe si c'est pour s'asseoir à table ou recevoir des invités.

De nombreux routiers considèrent leur camion comme leur maison ou comme une extension d'eux-mêmes. Mon père n'était pas différent, mais ses choix concernant l'équipement et la décoration étaient austères. *Dans la cabine, à l'époque, il y avait toujours un petit ventilateur, un lecteur de cassette, quelques enregistrements de musique sertaneja, Raul Seixas, Roberto Carlos, Secos e Molhados, Nelson Gonçalves. La radio ne passait pratiquement pas dans ces endroits reculés… Je n'aimais pas trop l'idée d'écrire des phrases sur le camion. La seule phrase que j'ai inscrite sur le pare-chocs était : « Mes qualités couvrent mes défauts. » C'était tiré d'une chanson de l'époque, de Roberto Carlos je crois. Jaques, qui avait la blague facile, m'a demandé en voyant la phrase : « Didi, mais quelles qualités ? »*

Lorsque je suis allé en Russie pour une olympiade d'astronomie en 2002, j'ai pris un bus pour me rendre à l'un des observatoires que nous avons visités, un télescope construit dans les années 1960. Une installation aussi démesurée que mystérieuse. Longtemps, elle a été l'une des plus modernes au monde, le siège de nombreuses découvertes sur le fond diffus cosmologique et la composition des étoiles. Dans les télescopes comme celui-ci, le rayonnement spatial est réfléchi sur des panneaux qui forment un vaste cercle, comme un stade ovale composé de plaques à inclinaison réglable. Les rayons sont ensuite captés par un récepteur situé sur un chariot qui doit être placé au point de captage, en fonction de la partie du ciel que l'on veut observer et de l'inclinaison du dispositif. Pour définir le point d'ancrage, les scientifiques russes utilisaient de vieux mètres ruban posés sur le sol. Des objets simples et bon marché, jaunes comme ceux de ma mère et que l'on peut trouver dans n'importe quelle mercerie. Ils font l'affaire, même s'ils ne sont pas très élégants en photo, donnant une impression d'improvisation et de précarité dans un lieu qui semble tout droit sorti d'un film de Tarkovski.

Plus tard, en remontant dans ce bus qui datait de l'ère soviétique, j'ai remarqué que les grilles d'aération étaient faites de tuyaux en PVC coupés. Tout comme les mètres ruban jetés sur le sol du radiotélescope, ils remplissaient leur rôle. J'ai aussitôt songé à mon père, qui aurait sûrement résolu de tels problèmes avec ce même mépris de l'esthétique qui a toujours fait mon étonnement. Je crois que s'il avait fait des études, il serait devenu un ingénieur à la soviétique.

Il aime les assiettes creuses et utilise les couteaux de table pour écarter les dents des fourchettes : il est plus facile de prendre les aliments de cette façon, avec une fourchette tordue comme une main ouverte.

Tout chauffeur routier doit avoir un penchant pour l'esthétique fonctionnelle. Il doit savoir résoudre les problèmes – ce qui ne veut pas dire qu'il n'apprécie pas la beauté – mais il sait que le plus important est que les choses marchent. Si c'est le cas, il n'est pas nécessaire d'embellir ou d'ajouter des couches. Peut-être que rejoindre la classe moyenne, c'est apprendre à ajouter des couches.

C'était à la fin des années 1970. Temps de pluie, mi-décembre. J'ai déchargé à Porto Alegre une cargaison de noix que j'avais embarquée à Belém, et un type m'a interpellé : « Jaú, j'ai une livraison de vin pour Boa Vista. » « Et c'est pour quand ? » « Pour Noël. » Je lui ai dit : « On n'a pas le temps, on est à cinq jours de Noël. Pour aller là-bas, il nous faudrait neuf-dix jours, voire plus, avec tous ces bourbiers... »

J'avais très envie de décharger le camion à Porto Alegre et de rentrer à la maison pour Noël. Il m'a tellement cassé les pieds, mais tellement... avant de dire : « En attendant que tu te décides, je charge ton camion. » Je me suis mis en colère : « Qu'est-ce qu'il faut transporter ? » « Des bidons de vin de 25 litres. Une petite cargaison de six tonnes. » Mon camion était neuf, de l'année 77 si je me souviens bien. J'avais en plus rajouté une suspension pour le rendre plus souple, parce que dans le Nord, il n'y avait que des nids-de-poule.

Le type a continué : « Tu y vas ou pas ? » J'ai répondu : « J'y vais, mais j'arriverai après Noël. » « Il n'y a pas de vin à Roraima, il m'a dit, si tu arrives après Noël, je te payerai tant, mais si tu y arrives la veille de Noël, je te donnerai beaucoup plus. Et si tu ne casses que dix bidons ou moins d'ici là, tu auras encore davantage. »

Il a chargé le vin. Je suis parti dans l'après-midi, j'ai traversé l'État du Rio Grande do Sul, l'État de Santa Catarina. Quand je suis entré dans l'État de Paraná, c'était l'aurore. Je me suis arrêté à la station-service, j'ai dormi et je me suis réveillé à huit heures et demie. Je savais que je n'allais pas y arriver, qu'il n'y avait aucune chance.

Jusque-là, c'était une route goudronnée et calme. J'ai traversé le Paraná, je suis entré dans l'État de São Paulo, j'ai déjeuné tout près d'ici, du côté de Sorocaba. J'ai mangé en vingt minutes, je suis monté dans le camion et je suis reparti ! Puis j'ai commencé à cogiter et le démon de l'envie m'a saisi : si je gagne Cuiabá en fin d'après-midi, j'ai une chance d'arriver à Boa Vista pour Noël.

La route nous trompe. J'ai l'impression que c'est pile ou face. Une fois, on s'arrête pour déjeuner et faire le plein mais il n'y a pas de pompiste. Une autre fois, on prend un sandwich et on le mange sur le chemin. Et tout finit par s'arranger.

Je suis arrivé à Cuiabá. J'ai pris une douche, j'ai dîné et je me suis dit que j'allais dormir à Jangada, un petit village situé à soixante kilomètres de là. C'était déjà une route de terre. Je partirais à l'aube pour garder une chance de rejoindre Boa Vista.

J'ai passé la nuit à Jangada et le lendemain je suis parti tôt. J'ai roulé. Que de la terre, de la boue, des nids-de-poule, des flaques d'eau… Le danger, c'était les bourbiers après l'Amazonas. Je suis presque arrivé à Porto Velho, j'ai dormi dans les environs et tôt le lendemain matin, j'ai pris le ferry pour Manaus. Ensuite, il fallait se taper huit cents kilomètres d'une route goudronnée mais très étroite, toute petite, comme ça, on devait circuler au milieu de la chaussée, il n'y avait pas la place pour deux camions.

Arrivé à Manaus, j'ai traversé la ville et j'ai dormi à côté de la sortie pour Boa Vista. De là, il fallait prendre six ferrys car il n'y avait plus de pont.

Plus loin, à Roraima, j'ai atteint la frontière de la réserve indienne, parce que c'était dangereux, on devait la traverser en convoi de deux ou trois. Le camion qui attendait devant était plus léger que le mien, presque vide, il pouvait aller beaucoup plus vite que moi. Mais le chauffeur m'a dit : « Allons ensemble, Jaú, allons ensemble, ça fait deux heures que j'attends ton arrivée. » Et tu sais quoi ? Il ne m'avait jamais vu ! Il venait de Goiânia, ou d'Anápoles, et il m'a dit ça en plaisantant, pour me remonter le moral et pour que nous roulions ensemble. Une fois les terres indiennes derrière nous, il a continué seul, et j'ai avancé à mon rythme.

Le 23 décembre, vers six heures et demie-sept heures du soir, je me suis garé devant le supermarché de Boa Vista. C'était un bon petit commerce, le plus grand de Boa Vista. Le propriétaire m'a dit de mettre le camion sur le parking : « Demain matin, nous verrons ce que nous allons faire de ta cargaison. »

Le jour même, ils ont pris un van surmonté d'un haut-parleur et ils ont fait le tour de la ville pour annoncer que le vin était arrivé à Boa Vista. Le van a tourné dans les rues jusqu'à minuit. Le lendemain, veille de Noël, il y avait foule. Il n'a pas fallu trois heures pour que le camion soit vide. Et il n'y avait que huit bouteilles cassées. Mission accomplie.

J'ai passé Noël là-bas, dans une station-service. Le 26, j'ai cherché une livraison pour Manaus, en vain. J'y suis retourné avec le camion à vide, et là, j'ai réussi à trouver une cargaison pour Porto Velho et à Porto Velho, j'en ai trouvé une autre pour São Paulo. J'ai passé une cinquantaine de jours sur la route. Ta mère doit se souvenir de cette histoire, nous sortions ensemble à l'époque, je lui ai même apporté un cadeau de Boa Vista.

Outre une solide éthique de travail, l'honneur masculin traditionnel et le pragmatisme, les chauffeurs routiers dépendaient de deux précieuses ressources : la camaraderie et la crédibilité. Pouvoir compter sur la confiance des intermédiaires, des collègues et des propriétaires de stations-service était une monnaie très appréciée, à même de leur apporter des opportunités de travail et de les sortir de situations difficiles.

Je transportais une cargaison de neuf tonnes de haricots à livrer dans l'État de l'Acre. Au Mato Grosso, j'ai pénétré dans le cerrado[1]*, sur un tronçon dépourvu de route. Il fallait donc traverser l'arrière-pays. Même pas un kilomètre plus tard, le camion s'est pris une fourmilière. Les fourmis mangent la terre qui se trouve en dessous ; en surface, le terrain paraît normal, mais en dessous, il y a des creux, des tunnels. Lorsque le camion a roulé sur la fourmilière, il s'est tellement embourbé qu'il s'est enfoncé. Nous avons attaché*

1. Savane brésilienne située dans le centre du pays.

trois ou quatre camions devant le mien mais rien ne pouvait le faire bouger. On a donc décidé de sortir la moitié de la cargaison. On a étendu une bâche sur le sol pour que les haricots ne soient pas mouillés et on les a mis dessus. Avec seulement la moitié du chargement, les quatre camions ont réussi à me sortir. Ensuite, il a fallu faire plusieurs manips : rouler jusqu'à la route, laisser par terre la moitié de la cargaison qui était dans le camion, retourner chercher celle que j'avais laissée derrière moi et enfin récupérer le reste sur la route. Nous avons mis un jour et demi à sortir du trou.

Les chauffeurs qui empruntaient souvent les mêmes itinéraires et s'arrêtaient dans les mêmes stations-service se connaissaient, même s'ils ne se voyaient que quelques fois par an et ne pouvaient pas communiquer entre-temps. Ces camionneurs hardis, amis du goudron, du bitume et de l'asphalte, s'avertissaient des dangers de la route, mettaient en commun leur connaissance, partageaient des opportunités de travail. Et, bien sûr, ils étaient aussi des compagnons de beuverie et de fête. Ces pauses partagées, plus ou moins dérapantes, leur permettaient de tromper la fatigue et surtout de faire face à la condition essentielle de leur travail : les longues heures de solitude.

À l'époque, le plus dur était de croiser des connaissances, tout était si loin. Parfois, on roulait une journée entière sans croiser âme qui vive sur la route. Mais à chaque fois qu'on repérait le camion d'un collègue, on s'arrêtait et on discutait pendant dix ou quinze minutes. C'est ainsi qu'on devenait bons amis.

Avoir la confiance des propriétaires et des gérants des stations-service était indispensable. La station-service de bord de route était une institution à part entière dans la vie des routiers ; à la fois restaurant, dortoir, garage, bar, bordel, toilettes, place publique, centre de communication et lieu de transactions. Les chauffeurs expérimentés, en tant que clients réguliers, obtenaient des facilités de paiement auprès du personnel de ces infrastructures. Ils pouvaient faire le plein à crédit et ne payer qu'au retour, lorsqu'ils avaient reçu le montant final de la livraison.

Sur de nombreux tronçons de l'Amazonie, la distance entre les pompes à essence était considérable, ce qui obligeait les routiers à emporter une partie de leur propre carburant. *Depuis São Paulo, il fallait prévoir un bidon de deux cents litres, en plus du grand réservoir du camion, pour ne pas tomber en panne sur le tronçon après Boa Vista. Il fallait aussi emprunter de nombreux ferrys, car à l'époque il n'y avait pratiquement pas de ponts, et les fleuves se succédaient. On devait également emporter une hache et un grand couteau avec nous. Il y avait toujours des arbres tombés sur la route et il fallait les découper et les traîner sur le bas-côté.*

Pour meubler les heures interminables, les conducteurs fumaient des montagnes de paquets de cigarettes. Au menu, de la nourriture grasse, des charcuteries, beaucoup d'alcool. Les trajets supplémentaires se comptaient en nuits blanches. Pour rester éveillés, beaucoup de ces forçats de la route prenaient du *rebite* – une amphétamine très répandue dans le milieu des routiers – et d'autres drogues. Mon père jure qu'il n'a jamais pris de *rebite*, sniffé de la cocaïne ou fumé du cannabis. Je ne le crois pas, mais je n'insiste pas.

À l'époque, pour aller de São Paulo à Belém au Pará, le trajet normal était de six jours. Et le camion du marchand de légumes devait le faire en trois jours. Il ne devait pas dépasser soixante-douze heures pour faire le trajet entre le marché central de São Paulo et celui de Belém, sinon tout se gâchait. Ils allaient tout droit, tout droit grâce au rebite, *trois jours et trois nuits sans dormir. Et parfois, ils n'arrivaient pas à destination parce que la route était difficile…*

La radio à fond pour se tenir éveillé : *Il y avait un tronçon de la Transamazonienne qui était une grande ligne droite de presque cinq cents kilomètres de long, dans la jungle très dense, un tunnel de forêt sans aucune station-service, sans villages, sans rien sur le chemin. Ma plus grande peur était de m'endormir, de renverser le camion, je mettais donc la radio à fond et je chantais à tue-tête pour ne pas m'assoupir, pour ne pas déraper, pour ne pas heurter un arbre.*

Le plus dur, c'était d'être loin de la famille pendant les périodes de fêtes, Noël, Pâques… Notre famille a toujours été nombreuse. Lors des fêtes, tout le monde se retrouvait chez grand-mère et grand-père, et puis je vous ai eus. On a beau vouloir se distraire, il y a toujours cette pensée qui nous rappelle qu'on est loin et que nos proches sont à la maison. Je n'avais pas le choix, je devais faire avec la tristesse et m'habituer. Alors j'allumais la radio dans la cabine, j'écoutais des musiques qui me remuaient, qui me rappelaient mes enfants et ma femme, puis l'émotion venait, le manque venait et je roulais jusqu'au bout. Conduire, conduire… C'était la vie.

Les chauffeurs routiers de la génération de mon père ont eu le corps marqué par les jeux, les défis et les vices de ce monde. Nombre d'entre eux ont été touchés, jeunes, par les maladies les plus diverses : cardiaques, vasculaires, orthopédiques, hépatiques… *Dito ? Ivrogne invétéré, il vit ici et là et a déjà failli mourir trois fois d'une cirrhose. Valdir a perdu ses deux pieds à cause d'un diabète précoce. Aristeu a eu un accident vasculaire cérébral et est resté longtemps alité. Et Zelão est mort, je ne sais pas de quoi, mais il est mort jeune.*

Mon père : infarctus à quarante-huit ans, cinq pontages, plusieurs cathétérismes. Appendicite à cinquante-deux ans, ablation de la vésicule biliaire des décennies plus tôt. Chaque jour, vingt-sept pilules tout au long de la journée – sa vaste « pharmacopée », comme Barthes appelle ces prothèses chimiques qui accompagnent le corps malade partout où il va. Sa pharmacie ambulante déroute les infirmières qui doivent s'adapter à ce régime draconien lors de ses séjours à l'hôpital (elles abandonnent souvent et demandent à mon frère ou à moi d'administrer les pilules, violant ainsi le protocole qu'elles sont censées respecter, mais augmentant les chances que mon père reçoive un traitement approprié).

Il a eu une grave crise de malaria vers l'âge de trente ans : *Je suis revenu tremblant de fièvre de Rondônia à Jaú, en me faisant moi-même l'injection que le pharmacien de Porto Velho m'avait vendue. J'ai découpé un morceau de la chambre à air d'un pneu pour faire un garrot, et je me suis injecté le produit. À Jaú, on m'a hospitalisé, on a fait toutes sortes d'examens et on m'a donné des médicaments, mais je n'ai pas guéri. Ils ne savaient pas comment traiter la malaria ici, à São Paulo. J'y suis resté neuf ou dix jours. J'étais faible, sur le point de mourir, et ils voulaient m'ouvrir pour voir ce que c'était, mais je ne les ai pas laissés m'opérer, je me suis enfui de l'hôpital au milieu de la nuit. À l'époque, il fallait des jours pour que les résultats arrivent, puis ils ont confirmé qu'il s'agissait bien de la malaria. Ils m'ont fait une transfusion sanguine, m'ont donné des remèdes et je me suis rétabli peu à peu.*

La peau de sa nuque présente des signes de tumeurs qu'il faudra un jour retirer. En 2015, il a fait un autre « petit infarctus », d'après son cardiologue, qui lui a valu trois nouveaux stents. Il lui reste, dans le cœur, une seule artère sans prothèse et encore, partiellement bouchée. Les médecins ont décidé de ne pas l'opérer car le risque est trop élevé. La jambe dont les artères ont été retirées pour son opération cardiaque souffre de terribles crampes qui le réveillent plusieurs fois par nuit.

Ses coudes et ses épaules lui font mal, la goutte gonfle ses pieds, sa jambe gauche parfois ne lui obéit pas. Deux énormes hernies ornent son abdomen. Une étrange douleur, comme un choc électrique, lui traverse de temps à autre le nez et le front. Ce n'est qu'après son deuxième infarctus qu'il a accepté, à contrecœur, de prendre sa retraite à soixante-douze ans. Et maintenant, le cancer.

Au cours de ses cinquante années de route, mon père a acquis de nombreux savoirs, parmi lesquels une remarquable capacité à organiser les cargaisons et les paquets. Des volumes mal répartis dans la benne d'un camion peuvent conduire à des tragédies. Mon père raconte un accident dont il a été témoin dans l'ouest du Pará : *J'ai été le premier à arriver sur les lieux du drame. Le chauffeur du camion de grumes a dû s'endormir et il a percuté le bus de plein fouet dans une pente. Les troncs devaient être mal fixés, et l'un d'eux s'est détaché, a arraché la cabine du camion, avant de transpercer le bus et de ressortir par l'arrière. Il y avait cinquante et une personnes dans le car. On pouvait sentir le sang encore chaud couler sur le bitume. À l'époque, il n'y avait qu'un bus qui passait par là tous les jours ou tous les deux jours, donc les gens s'installaient même sur le porte-bagages. Il n'y a eu qu'un seul survivant dans cette tragédie. Le type qui n'est pas mort a perdu la boule, il a passé sa vie dans une station-service des alentours ; les gens l'aidaient, parfois il balayait la cour, parfois il ne faisait rien. Les habitants ont planté une cinquantaine de croix blanches sur le bord de la route à l'endroit de l'accident. Lorsque je suis allé avec ta mère au Pará pour nos noces, j'ai pris une photo de ces croix, mais elle l'a jetée, elle ne l'aimait pas.*

Il faut donc savoir mettre les choses à leur place. Les exigences des cargaisons lui ont valu une sorte de doctorat honoris causa en géométrie appliquée. Au supermarché, remplir un simple caddie devant mon père est une tâche ingrate, car toute tentative est toujours en deçà des attentes cartésiennes qu'il impose, comme si la répartition de cet espace entre les bouteilles de lait, les œufs, les légumes et les produits d'entretien était une question de la plus haute importance pour le destin de l'humanité.

La maladie, nous l'apprenons rapidement, ne respecte aucune géométrie. Elle défie notre capacité mentale à visualiser les voies par lesquelles les fluides naviguent, à cartographier le chevauchement des organes, à imaginer les plis internes et à comprendre les limites de la tumeur.

Sur l'ordinateur, l'urologue nous montre une masse énorme, « trois fois plus grosse que la normale », qui comprime les intestins et envahit déjà la vessie. La prostate colossale écrasait l'urètre, empêchant l'urine d'atteindre sa destination naturelle. Une autre intervention chirurgicale est nécessaire, un « grattage de la prostate ». Cette intervention ne répare pas la vessie, qui est devenue un organe musclé grâce à des années d'entraînement involontaire pour surmonter les blocages imposés par la prostate. Mon père passe de l'incapacité d'uriner à l'incontinence, résultat insatisfaisant d'une ingénierie complexe de pompes, de réservoirs, de canaux et de fluides dans la partie inférieure de son corps.

Ce corps obstinément anti-euclidien gagne de nouveaux plis, des trous, des cavités, des rides. Des formes rongées par le temps ou modelées par les mains des chirurgiens. Des voies sinueuses, des vésicules flasques et de la matière rougie s'étendent hors de son être et se connectent à des poches, des canaux et des sondes, des appendices industriels qui, façonnés par nos intelligences cartésiennes limitées, paraissent si étranges lorsqu'ils sont couplés à un corps organique et tordu. Adhésifs carrés, sacs hermétiques, ventouses caoutchoutées, des tentatives artificielles d'ordonner ce qui est viscéral, scatologique, propre à la dimension visqueuse de l'humain qui nous est si familière mais que nous sommes incapables de nommer correctement. Comme si le mot ne pouvait émerger qu'après l'acceptation de cette farce qui consiste à affirmer que nous ne sommes pas des intestins, des urètres, des prostates, de l'urine, de la peau, des poils et des excréments, comme si la civilisation n'existait qu'à condition que l'on cache ces matières et ces interdits qui nous mettent face à notre condition ultime d'animaux.

De la cheville à l'aine gauche, mon père porte les stigmates de l'ablation des vaisseaux sanguins pour rafistoler son cœur et des incisions de plusieurs cathétérismes. Sur son abdomen, les cicatrices de l'amputation de l'appendice et la stomie couleur chair entourée d'une hernie hideuse ; une énorme cicatrice rose au milieu de son ventre laissée par une opération de la vésicule biliaire il y a des décennies. Une autre fine marque blanche divise sa poitrine. Il se souvient des autres marques, invisibles pour les observateurs extérieurs : l'opération du phimosis, les deux opérations de la cataracte et le trajet interne du grattage de la prostate. Des pieds jusqu'à la gorge, les cicatrices dessinent l'axe vertical de son corps, un méridien qui le coupe en deux comme une route déchirée sur sa peau.

Nestor

La personne avec laquelle j'ai le plus voyagé c'est mon ami Nestor, un chauffeur de Jaú. Quel que soit mon besoin sur la route, il m'aidait et je l'aidais en retour. Il a été un compagnon formidable pendant mes premières années, lorsque j'apprenais le métier et découvrais le pays. Nous avons fait un long chemin ensemble.

Il est mort jeune, le pauvre. Il n'avait même pas cinquante ans. Ça fait bien longtemps qu'il est parti, je ne sais pas quelle maladie l'a tué. Il avait une santé un peu fragile, toujours malade… Tout ce que je sais, c'est qu'il est mort trop tôt.

C'est avec lui que j'ai vu un alien dans le nord du Mato Grosso, presque à la frontière avec Rondônia.

La route était calme et il faisait très sombre. Une nuit sans lune. Pas d'éclairage ni de ville sur le chemin. Chacun dans son camion, Nestor et moi.

Au cours du voyage, nous avons vu quatre petites lumières rouges se déplacer au milieu de la forêt, le long de la route, comme les phares d'un avion lorsqu'il effectue un virage en altitude. Mais les lumières étaient très basses, toutes proches, sur notre droite, et allaient à la même vitesse que nous. Elles nous accompagnaient.

Nestor et moi on les a vues. Mon camion était devant. Nous avons roulé pendant une demi-heure, quarante minutes. Je me suis arrêté et je lui ai dit : « Nestor, tu vois ça ? » « Oui, depuis longtemps, j'allais même allumer les warnings pour que tu t'arrêtes. » « Mais qu'est-ce que c'est ? Qu'est-ce que ça n'est pas ? » Que Dieu nous guide, nous sommes repartis.

Nous avons roulé un peu, en direction d'une antenne téléphonique qui se trouvait plus loin. Mais avant d'y arriver, les quatre lumières ont traversé la route au-dessus de nous. Elles se sont mises du côté gauche, à environ cent mètres, à la même distance que quand elles étaient à notre droite. Puis elles se sont figées. Nestor était devant, je me suis arrêté à une vingtaine de mètres de lui.

On est sortis de nos camions et on a regardé. À ce moment-là, il n'y avait pas que les lumières, il y avait aussi un bruit, comme un vent très fort, comme le bruit de moteur d'une machine à souder.

« Mon Dieu, qu'est-ce que c'est ? Qu'est-ce que ça n'est pas ? »

On est restés là à fixer les feux, à se parler, on avait peur. Puis on a vu une silhouette sortir de la lumière et se diriger vers nous.

« Regarde la silhouette ! Tu la vois, tu la vois, Nestor ? »

On aurait dit un homme avec une longue cape et il marchait vers nous. Nestor a sauté dans sa cabine : « On y va ! on y va ! » Il a grimpé et il a filé, son camion était juste à côté, mais pas le mien, je devais courir vingt mètres pour l'atteindre… J'ai eu l'impression de courir pendant toute une journée, je n'y arrivais pas… Je pensais : la bête va m'attraper, elle va m'emmener.

Puis on est partis. Cette lumière nous a suivis encore un moment puis elle a disparu. Elle s'est éteinte et on ne l'a jamais revue… Ni la silhouette, ni la lumière, ni le bruit. Rien.

On est arrivés au village près de l'antenne vers trois heures et demie du matin. On a arrêté les camions et on a dormi.

On a appris sur place que ce tronçon avait la réputation d'être hanté.

Le lendemain, on a parlé à un gars dans le bar du coin, et il nous a dit que beaucoup de gens étaient décédés sur cette route, dans des accidents de voiture, de bus… Il y avait même des croix sur le bas-côté. Un Japonais qui voyageait avec sa famille avait eu un accrochage et lui, sa femme et son enfant étaient morts – c'était arrivé il y a peu de temps.

Le type nous a dit que là-bas il y avait un esprit qui hantait les conducteurs. Moi je n'y crois pas. Il n'y avait rien de maudit, ce n'était pas un fantôme…

Ce que j'ai vu ou ce que je n'ai pas vu, impossible de le dire.

Plus tard, j'en ai parlé avec des savants et ils pensent que c'était un extraterrestre. D'ailleurs, c'est le père Luiz qui me l'a certifié. Je lui ai raconté l'histoire comme je te la raconte et il m'a dit : « Vous pouvez être sûr que c'était un extra-terrestre qui vous poursuivait. »

Dommage que mon ami Nestor soit déjà mort. Sinon, il aurait confirmé l'histoire.

C'est Nestor qui m'a appris à faire du « barbecue de pot d'échappement ». Sur le dessus du pot d'échappement du camion, il y a une plaque qui chauffe si fort qu'elle devient rouge. Elle se trouve à l'intérieur, pas dans le tuyau qui évacue les gaz. C'est une pièce fixée au moteur, en fonte, creuse, dans laquelle on peut cuire un ou deux kilos de bidoche. On y mettait un morceau de viande le matin, et quand on s'arrêtait pour déjeuner à midi, le barbecue était prêt. C'était délicieux. Ou alors on préparait le déjeuner et on remplissait une gamelle avec les restes pour le dîner. Et pour ne pas avoir à allumer un feu de camp le soir, on ouvrait le capot du camion, on prenait la gamelle et on la posait là sur le pot d'échappement qui était encore chaud en fin de journée. On pouvait même aller à la station-service prendre une douche, boire un verre et revenir, et la gamelle serait encore bien chaude. C'était la vie.

Nestor avait commencé à conduire avant moi, il était un peu plus âgé. Oncle Nerso est mort, Nestor est mort, Jaques est mort. Laércio aussi, il est mort d'avoir trop bu. Il picolait à la maison, au bar, dans le camion. Il buvait, buvait, buvait…

Je pense que de ce cercle d'amis, il ne doit rester que moi et deux autres.

Ils tuaient et tuaient

> « Je veux mon opéra ! Je veux mon opéra ! Cette église n'ouvrira pas tant que cette ville n'aura pas son opéra. »
>
> Werner HERZOG, *Fitzcarraldo* (1982)

À trois heures de l'après-midi, le 19 août 2019, il n'était déjà plus possible de voir la lumière du soleil à São Paulo. Je discutais avec mes étudiants du *18 Brumaire de Louis Bonaparte,* un classique de Karl Marx. Dans cet essai, le philosophe analyse comment différents groupes populaires et des élites réactionnaires ont été mobilisés par un leader – jusqu'alors considéré comme stupide et vulgaire – pour instaurer un gouvernement autoritaire en France en décembre 1851. C'est au début de ce livre que Marx expose sa fameuse idée selon laquelle tous les événements et personnages de l'histoire sont mis en scène deux fois, « la première comme une tragédie, la seconde comme une farce ».

Si Marx avait été là, il aurait pu illustrer sa thèse en demandant aux étudiants de regarder par la fenêtre : un nuage sombre et sale envahissait le ciel de São Paulo. Tel l'Ange de l'histoire benjaminien, le monstre gris nous invitait à regarder les décombres du passé et notre entêtement imbécile à rejouer la catastrophe sous des formes chaque fois plus tragiques. Cette masse ténébreuse était l'incarnation de notre présent lugubre et de l'histoire de notre dévastation. Résultat d'une saison d'incendies criminels en Amazonie et dans le Centre-Ouest, le nuage condensait de manière allégorique l'accélération de la destruction des forêts, l'escalade des crimes socio-environnementaux, les marées de résidus miniers qui emportent des villages entiers, l'empoisonnement au mercure des peuples indigènes d'Amazonie, et une élection présidentielle qui a fait de toute tragédie un motif de célébration.

Dans le ciel gris de São Paulo, le drame du passé rejoint la farce autoritaire du présent et les deux annoncent un avenir de ruines.

Les premiers souvenirs que j'ai de la forêt amazonienne, de ses fleuves et de ses routes, des indigènes et des habitants des berges, me viennent des récits de mon père. Ses voyages dans la région ont contribué à composer le vocabulaire de mon enfance, ma géographie sentimentale, la mythologie d'un père baroudeur et d'un pays qui semblait infini.

Pour conduire un camion en Amazonie, à l'époque de l'ouverture de la forêt, il fallait être un aventurier. Il n'y avait pratiquement pas de restaurants ou de marchés, juste des petites épiceries au bord de la route. On y trouvait de la farine de manioc, une denrée riche et fortifiante. Et il y avait beaucoup de poisson, du séché, de toutes les sortes. Et aussi du gibier de brousse. Paca, tatou, cotia, cerf, chair d'anaconda. On se nourrissait de toutes ces choses. L'entreprise qui ouvrait la route avait sa propre équipe de chasseurs. Ils fournissaient la nourriture pour qu'on puisse manger et travailler. À cette époque, des tas de gens commençaient à arriver du Sud, du Mato Grosso et du Nordeste, mais leur nombre a encore augmenté quand la route a été ouverte. C'est vraiment à ce moment-là qu'on a vu les gens arriver.

Au début des années 1970, la Transamazonienne (BR-230), un projet mégalo visant à relier les océans Atlantique et Pacifique par voie terrestre, promettait d'élever le pays au rang de grande puissance. Cette route est-ouest de plus de quatre mille kilomètres devait traverser six États, de la côte atlantique à la frontière péruvienne, avec la promesse d'être le grand corridor par lequel arriveraient les travailleurs du Nordeste et d'où partiraient le bois, l'or, le bétail et les produits agricoles cultivés sur les terres déboisées.

Quand j'étais enfant, je pensais à la Transamazonienne comme « l'autoroute de mon père ».

D'immenses travaux d'infrastructure ont été mis en œuvre au début des années 1970, la période la plus sanglante de la dictature, sous le commandement du général Médici. Le gouvernement a présenté la Transamazonienne comme un miracle de l'ingénierie nationale qui garantirait l'occupation de la région nord conformément à la « Doctrine de sécurité nationale » : développement accéléré du pays, protection contre les envahisseurs étrangers et remède à la pauvreté ainsi qu'aux tensions rurales dans le Nordeste du pays.

Dans le langage de l'époque, ce chantier pharaonique devait relier les « hommes sans terre » du Nordeste aride à la « terre sans hommes » de la forêt. Il faut occuper, pénétrer dans « l'enfer vert », « s'y intégrer pour ne pas le livrer aux étrangers ». Médici a décrit la construction de l'autoroute comme « la plus grande aventure vécue par un peuple à la surface de la terre ». Lors de l'inauguration d'un des tronçons de la route en 1972, le ministre des transports de l'époque, Mário Andreazza, a déclaré : « Enfin, l'Amazonie est peuplée. Le Brésil s'agrandit. La patrie gagne en grandeur. Et ses enfants ont davantage confiance en leur propre destin. »

Les autoroutes étaient le fer de lance de cette entreprise agressive, et mon père l'un de ces milliers de travailleurs engagés dans leur construction. Il transportait des pierres, du sable, du gravier, des provisions et des produits de première nécessité pour les ouvriers du bâtiment et les militaires qui accompagnaient les travaux. Il a souvent été engagé pour transporter des soldats de l'armée. Le triste opéra du progrès, dans cette Amazonie dévastée, était joué par des tronçonneuses et des mitrailleuses, des accapareurs de terres et des jagunços[1], des soldats et de jeunes prostituées, des chauffeurs et de petits agriculteurs à la recherche de terres et de travail, des bâtisseurs, des pauvres d'ici et d'ailleurs, les différents visages de nos damnés de la terre au service des « grandes affaires de la nation ».

À la fin des années 1960, il y avait déjà de nombreuses scieries, mais après l'ouverture de

1. Bandes armées ou hommes de main, généralement embauchés par les grands propriétaires terriens de l'arrière-pays du Brésil.

nouvelles routes, l'industrie du bois a vraiment explosé. Lorsque j'ai traversé l'Acre dans les années 1960 et 1970, on ne voyait que des convois de grumiers, c'est-à-dire des camions qui transportaient des troncs d'arbre coupés. Il n'était pas question de préserver la forêt, je n'en ai pas entendu parler. Cerisiers, acajous, noyers… Dans les igarapés, on pouvait compter deux cents troncs qui flottaient, les uns attachés aux autres ; ils descendaient le fleuve jusqu'à ce qu'ils atteignent le lieu où ils pouvaient être transportés par camion.

Aux ouvriers attirés par ces frontières en expansion a été vendue l'idée que l'abattage de la forêt était le chemin inévitable vers le progrès collectif et une vie digne. Beaucoup d'entre eux ont fini par s'y installer, comme petits péons dans le processus de déforestation et d'occupation des terres publiques. D'autres ont grossi les périphéries des villes qui commençaient à s'étendre au détriment des centres urbains paupérisés, dont l'économie reposait sur des activités prédatrices d'exploitation forestière et minière, elles-mêmes impliquées, de nos jours encore, dans de longues chaînes d'activités illégales.

Partout où on allait, il y avait des scieries sur le bord de la route. Nous transportions beaucoup de bois dur. Mon frère Nerso n'a pratiquement fait que rapporter du bois de là-bas jusqu'ici ; j'en ai aussi livré de temps en temps. Je pensais déjà qu'il s'agissait de destruction. Je me doutais que ce n'était pas bien, mais à l'époque, personne n'en parlait, on pensait que la forêt ne finirait jamais. Tout ça était encouragé et on devait travailler pour survivre.

Mon père a traversé la région d'Araguaia des dizaines de fois au début des années 1970. Là-bas, entre le sud-est du Pará et le Tocantins, la dictature a persécuté de jeunes révolutionnaires et des paysans locaux. Ce fut l'un des chapitres les plus sanglants du régime militaire brésilien. Inspirés par les révolutions cubaine et chinoise, ces jeunes militants venaient principalement du Sud et du sud-est du pays. Les paysans les appelaient « paulistas » ou « étudiants ».

C'est une région de petits producteurs, pour la plupart des migrants pauvres du Nordeste, qui se sont installés là pour échapper à la misère et à l'oppression de la campagne. Dans leur terre d'origine, l'ennemi était « la sécheresse et les barbelés ». Otávio Velho, dans son étude sur les fronts d'expansion en Amazonie dans les années 1950 et 1960, souligne que cette grande masse de paysans pauvres et sans terre voyait dans la mobilité géographique une chance d'échapper à ce qu'ils appelaient la « captivité ». C'est-à-dire un travail dans les régions nord-est et centre du Brésil, sous le joug des propriétaires terriens, pour lequel on ne recevait presque rien en retour. Cette condition renvoyait au temps de l'esclavage et aux traces matérielles et symboliques qu'il a laissées dans la vie de ces populations.

En Amazonie, les primo-arrivants ont fondé des villes aux noms bibliques, une succession de Canaan, de terres promises, de nouvelles Jérusalem. La plupart d'entre eux se sont installés, dans les années 1960-1970, sur ces territoires sans aucune aide publique ou privée. Cette situation changera partiellement dans les années suivantes, avec les programmes officiels de « colonisation » imaginés par le gouvernement fédéral, qui ont attiré de nouvelles vagues de migrants ruraux, souvent originaires du Sud, séduits par une série d'avantages et de dégrèvements fiscaux.

La guérilla d'Araguaia, aux abords la Transamazonienne récemment inaugurée, a été le théâtre d'opérations sadiques perpétrées par la dictature, et rendues possibles par l'Acte institutionnel n° 5 de 1968 qui suspendait la Constitution de 1946. Sur quelque quatre-vingts guérilleros, seuls une vingtaine ont survécu à l'incursion de milliers de soldats lors des offensives militaires successives entre 1972 et 1974.

De nombreux paysans d'Araguaia, sans aucun lien politique avec les jeunes opposants au régime, ont été victimes de la même violence. Les témoins de ces exactions racontent que l'électricité est arrivée dans la région sous la forme de fils dénudés utilisés par les militaires lors de leurs séances de torture.

Sur ces fronts d'expansion, les chauffeurs routiers vivaient avec les militaires. Au quotidien, la camaraderie laissait parfois place à l'affrontement mais l'autorité n'était pas toujours du côté de l'armée.

On avait chargé à Porto Velho pour São Paulo. On est arrivés à Pimenta Bueno, à Rondônia, et la route était bloquée. À partir de là, le bourbier était tellement grand que personne ne pouvait passer, même pas la jeep de l'armée qui circulait sur les côtés. Les soldats ont mis deux tracteurs en travers de la route de terre et une énorme queue de camions s'est formée. J'étais le cinquième dans la file d'attente.

Il a plu jour et nuit. Ça ne s'arrêtait jamais.

On est restés bloqués comme ça quatre jours. Il y avait plus de cent camions qui attendaient pour passer. Le cinquième jour est arrivé et il fallait prendre une décision.

Demain, on va traverser : c'était la décision. Il n'y avait pas d'autre moyen. La plupart d'entre nous étaient d'accord. Il n'y avait que deux soldats en poste et deux tracteurs sur la piste. Mais pas moyen de passer avec les machines qui nous barraient la route.

Un chauffeur, Paulão, m'a dit : « Si j'enlève l'engin, tu passeras, Jaú ? » J'ai dit oui.

Il y est allé et a retiré l'un des tracteurs de la route. On a réussi à passer, moi, Joel, Jaques, Bastião, Catarina et Goiânia. Six camions en tout.

Après ça s'est corsé.

Un soldat a sauté sur un camion et a pointé son arme sur moi. « Arrête ou je te tue ! Si tu continues, je te tue ! » J'ai répondu : « Tu ne me tueras pas, tu n'auras pas le courage, regarde le nombre de chauffeurs derrière moi. » Et il n'a pas tiré. Il est descendu et est resté sur la route à nous regarder passer. Et on est passés.

On a bourlingué quatre jours et quatre nuits sans nous arrêter, jusqu'à ce que nous ayons franchi les cinquante kilomètres de bourbier.

Là, j'ai dit aux cinq camarades qui avaient traversé avec moi : « Il faut qu'on se prépare, parce que lorsqu'on arrivera à Vila Rondon, ça va être chaud ; on risque d'être arrêtés, frappés voire pire. » À Vila Rondon, il y avait un camp militaire. Une fois sur place, le commandant du camp m'a demandé d'une voix ferme : « C'est ce que vous vouliez ? » J'ai répondu : « Puisque les soldats du poste ne faisaient rien, nous avons décidé de faire face et d'agir. Nous savons comment conduire dans un bourbier. Partout où il y a un trou, nous prenons un seau, nous le remplissons de pierres, nous fermons le trou et nous passons. Un camion tire l'autre si nécessaire. C'est tout ce qu'on voulait, on a traversé le bourbier et on est prêts à continuer notre voyage. » Et il a dit : « Que Dieu vous bénisse, ayez toujours ce courage dans le travail. »

Nous avons alors tous les cinq applaudi de joie et de soulagement, car je pensais qu'on n'allait jamais repartir, qu'ils nous feraient disparaître...

Zé, tu dis toujours que tu es de gauche, mais qu'est-ce que c'est ? m'a-t-il demandé récemment, quand il m'a entendu insulter un politicien à la télé.

Bien qu'il ait passé des années de sa vie sur les chantiers colossaux qui servaient de carte postale au régime, mon père parle peu de la dictature. C'est un mot absent de nos longues heures de conversation, comme si ce mot lui avait été refusé.

Avec mon vocabulaire académique, je ne parviens pas à nommer ce Brésil qui émerge de ses histoires. Presque rien dans les paroles de mon père ne fait référence aux critiques du régime autoritaire figurant dans les livres que j'ai lus en tant qu'étudiant, chercheur et enseignant. Son discours ne s'aligne pas non plus sur la pensée « ufaniste », cet éloge réactionnaire du régime militaire. Il m'est difficile de réconcilier ses paroles avec le lexique progressiste du débat politique auquel je suis habitué.

Les critiques du régime ne lui sont pas parvenues de manière à faire sens, à éclairer ses expériences et à suggérer d'autres manières de raconter son histoire et celle de son pays. Lorsqu'il se rappelle les entrepreneurs qui ont soutenu le régime militaire, il évoque les machines qui ont ouvert des brèches énormes dans les montagnes côtières, ou *M. Camargo Correa, lui aussi originaire de Jau*, en train d'inspecter les chantiers de construction et de se plaindre des débris qui jonchaient le sol. S'il parle de l'armée, c'est pour évoquer des rencontres fortuites, comme ces militaires qu'il a transportés dans son camion jusqu'à Santarém au début des années 1970. Un voyage sur une route de fortune qui a duré plusieurs jours.

Parfois, il se souvient qu'*il y a quelque temps, nous avions même peur de prononcer le mot « président »*. Mais il ne parvient pas à dire d'où venait cette peur, ni à en tirer des conclusions. Dans les récits de mon père, il n'y a pas de figures emblématiques de la guérilla comme Marighella, pas d'intellectuel en armes comme Golbery, et les batailles dont il a été témoin n'ont pas eu lieu à Rua Maria Antônia ou à Cinelândia.

La torture, la répression, ces choses-là, on en entendait parler de temps en temps, mais sur la route, je n'ai rien vu de tout ça. Lorsque je lui demande s'il se souvient de la propagande de la dictature à propos de la Transamazonienne, de la « colonisation » du Nord, de la façon dont les militaires promettaient d'apporter le « progrès » à ces régions, de la guérilla d'Araguaia ou d'autres épisodes de résistance au régime, ses réponses sont lapidaires : *je ne sais pas de quoi il s'agit.* Ou bien : *je ne m'en souviens pas.*

L'Amazonie demeure une grande inconnue pour le reste du pays, un Congo belge intérieur au service des fantasmes pervers d'un Léopold brésilien, roi des villes et du littoral. Elle est la première victime de l'orientalisme brésilien, tant sur le plan matériel que symbolique ; et la Transamazonienne l'une des malheureuses tentatives de réaliser le rêve séculaire de « coloniser » l'immense forêt, avec plusieurs projets en ce sens : le cycle du caoutchouc au XIXe siècle, le chemin de fer Madeira-Mamoré au début du XXe siècle, l'autoroute Belém-Brasília dans les années 1950, et la prédation sans fin d'aujourd'hui.

Flávio Gomes, journaliste invité par le gouvernement militaire à accompagner les chantiers, s'est fait le porte-parole de cet imaginaire militaro-orientaliste cristalisé par l'autoroute : « Là, au cœur de la jungle, un pays jusqu'alors très pauvre invente une civilisation. Une nouvelle frontière est ouverte, dans un esprit pionnier guidé par la foi et – le plus important – la joie et la bonne humeur. Et ce sera une frontière solide et définitive, qui affirmera notre souveraineté sur un autre Brésil qui, jusqu'à présent, n'existait que sur la carte et dans la convoitise des étrangers. La leçon que nous avons apprise m'a rempli de fierté et de patriotisme ; elle m'a convaincu que le vieux Médici avait raison et que personne ne peut contenir ce pays. » Aux yeux du colonisateur, l'Amazonie et ses peuples sont le cœur des ténèbres, et l'autoroute le fleuve grâce auquel la civilisation (et les profits) peuvent naviguer. Dans cette marche funèbre vers le progrès jouée par les tracteurs, les camions, les bœufs, les tronçonneuses et la poudre à canon, la forêt et ses habitants deviennent des obstacles. Comme l'avait prédit Heidegger, « la centrale n'est pas construite sur le Rhin comme le vieux pont de bois qui a relié pendant des siècles une rive à l'autre. C'est bien plutôt le fleuve qui, désormais, est installé dans la centrale ». L'autoroute a pris le pas sur la forêt, témoin vivant de notre naufrage.

En 1971, la propagande du gouvernement militaire encourageait les éleveurs de bétail à migrer vers l'Amazonie, en leur promettant des subventions publiques et des terres à perte de vue. Le mot d'ordre était : « Conduisez votre bétail dans le plus grand pâturage au monde. »

Pour faire les routes, ils coupaient les arbres avec des tronçonneuses, puis ils les poussaient sur les côtés avec des tracteurs à chenilles et ça faisait comme un rail. Tous les cinq ou six kilomètres, il y avait une rivière, un ruisseau. On les traversait l'un après l'autre. Sur de nombreux cours d'eau, il y avait déjà un petit pont fait de grumes bien solides, fixées ensemble. Fallait passer dessus pour atteindre l'autre rive. Nous transportions de tout, des matériaux de construction, mais aussi des produits pour les entreprises : machines à écrire, chaises, papiers, viande séchée, PQ, tout. Il y a eu des périodes où ma cargaison, c'était presque entièrement du bois. Tu comprends ? On allait vers São Paulo, Rio, Campinas, le port de Santos, partout où il y avait des scieries. Du bois dur, pour faire des meubles. Ils ont tout détruit là-bas. Il n'y a plus que des pâturages.

Je me souviens de Drummond, un autre témoin de notre effondrement. Dans son œuvre défilent les immenses machines de fer qui ont rasé les alentours de l'Itabira de son enfance. Drummond transforme la matière même des massifs du Minas Gerais en poésie, ces collines qui ont disparu « dans ces monstres de cinq locomotives », laissant sur les corps et les paysages la lourde poussière du minerai.

L'histoire de notre développement : une accumulation continue de pâturages et de poussière.

Une grande partie de cette autoroute est devenue un couloir boueux par lequel transitent du bois et des minerais, ainsi que du soja, de l'eucalyptus, du bétail, des produits de contrebande et des stupéfiants.

À partir des autoroutes, les colons et les éleveurs ouvrent des chemins qui s'enfoncent de plus en plus profondément dans la forêt, formant une structure en arête de poisson. Processus qui étend la zone de déforestation provoquée par la construction de la route principale. Ces voies secondaires, en expansion constante, envahissent les réserves, les territoires indigènes et les quilombos qui devraient jouir de la protection des autorités publiques. Ce maillage de routes, petites et grandes, forme les corridors d'abattage et de brûlage de la plus grande forêt tropicale du monde, du plus grand réservoir de biodiversité et l'un des principaux garants de la régulation du climat global. São Felix do Xingu, dans le sud du Pará, est aujourd'hui la ville du pays qui émet le plus de gaz à effet de serre en raison de la déforestation et de l'élevage intensif. À elle seule, cette ville située au cœur de l'Amazonie contribue davantage au réchauffement climatique que le Chili.

La destruction se répète selon le même scénario. D'abord on coupe les arbres de bois noble avant de procéder à un abattage plus massif et à un brûlage pour former des pâturages voués à l'élevage industriel. La présence de bétail ou de cultures peu productives favorise l'accaparement des terres. Elle profite aux occupants illégaux qui se déchirent entre eux dans de longues batailles juridiques portant sur la régularisation des terres, souvent financées par des riches fermiers, des hommes d'affaires et des politiciens. Contrairement à ce que l'on a longtemps pensé, une grande partie du sol amazonien est fertile grâce à la forêt ; sans elle, il se dégrade et devient rapidement impropre à la culture. Généralement, pendant les premières années d'exploitation, la région connaît une croissance économique rapide stimulée par la rentabilité liée à aux activités illégales. Mais ce dynamisme génère rarement un développement durable allant au-delà de la spoliation initiale de la forêt et du sol.

Ces bûcherons clandestins abandonnent les zones dégradées et poursuivent leur besogne plus avant dans la forêt, où un nouveau cycle de dévastation commence. Ils laissent derrière eux des terres nues et des villages pauvres, un schéma d'occupation que le chercheur Adalberto Veríssimo a appelé le « boom collapsus ». La plus grande partie des 83 millions d'hectares déboisés – environ 20 % du territoire – correspond à des terres sous-exploitées ou complètement exsangues. Près de ces corridors de déforestation, se développent l'exploitation minière illégale, le trafic de drogue et de minerais, le braconnage et la pêche prédatrice, la prostitution infantile et la brutalisation des peuples évincés de leurs terres d'origine.

Les territoires indigènes, les quilombos et les aires protégés deviennent de plus en plus souvent la cible des accapareurs de terres, des bûcherons et des exploitants forestiers, des compagnies minières et de leurs puissants mécènes : maires, députés, officiers de police, notaires, narcotrafiquants, avocats et grands propriétaires terriens. Cette tragédie humaine et environnementale n'attire guère l'attention des élites des grandes villes du Sud-Est et du sud du Brésil. Eux se réjouissent de participer à la fête cynique de l'économie mondiale, ce vieux mariage entre hubris et dévastation qui donne le ton à notre histoire.

Là-bas, il se racontait qu'après en voir tué un, on attachait l'autre pour le lendemain…

Une fois, au Maranhão, il était environ minuit lorsqu'on est arrivés au village, c'était au milieu d'un marécage. Un pont en bois quittait la route et s'enfonçait de cinquante mètres dans les terres. Il y avait un bar à l'entrée. On y passait souvent pour prendre un café, pour dîner ou déjeuner, c'était un point d'arrêt pour les chauffeurs routiers. J'ai dit : « Nestor, on s'arrête là et on boit un coup ? » « Oui. » Une petite lampe était fixée à un tronc au milieu de la cabane, le toit était en chaume.

On s'est approchés du comptoir pour commander un café. Quand je me suis retourné, j'ai vu un homme attaché à un tronc. J'ai pris mon café. Puis j'ai demandé au type derrière le bar : « C'est pour demain ? » Il m'a répondu : « Non, ce n'est pas ça. Lui, il nous donnait du fil à retordre, il buvait trop et il déclenchait des bagarres, alors les gars l'ont ligoté. Je le relâcherai plus tard. » C'est ce qu'il a dit et on est vite repartis. Qui sait ce qui a pu arriver au pauvre homme…

Altamira, une ville de l'État du Pará, surnommée « petite princesse du Xingu », se retrouve souvent en tête du classement des homicides du Brésil. C'est là qu'a été inaugurée, en 2011, la centrale hydroélectrique de Belo Monte, la troisième plus grande au monde. Cette centrale est la concrétisation d'un projet lancé en 1974, à l'apogée de la dictature militaire. Ce monstre de béton a provoqué l'inondation des terres indigènes, détruit la pêche traditionnelle dans la région, accru les persécutions des peuples locaux et l'assassinat de leurs chefs, et aggravé les conflits sanglants entre cartels de la drogue. En 2019, dans l'un des épisodes de cette guerre sans fin, soixante-deux prisonniers ont été tués lors d'un massacre qui a duré cinq heures dans la prison de la ville. Seize des victimes ont été décapitées. Les images de leurs corps lacérés ont fait le tour du pays via WhatsApp.

La ville a été surnommée la « capitale de la Transamazonienne ». Depuis les années 1960, Altamira est le laboratoire de toutes les idées perverses de progrès, et les fantasmes de développement circulaient déjà dans la région avant la construction de l'autoroute.

Je transportais la canne à sucre jusqu'à Altamira. C'était en 1965, je faisais mes débuts comme chauffeur routier. J'acheminais les boutures de canne à Sertãozinho, près de Jaú. Ils construisaient une usine à Altamira, mais il n'y avait pas de route pour y accéder. La Transamazonienne n'a été ouverte que plus tard. Du coup, on devait aller jusqu'à Belém, puis mettre le camion sur un ferry qui nous emmenait jusqu'au chantier. On ne descendait même pas du ferry, les ouvriers venaient avec leur machine, prenaient notre cargaison, la passaient au camion de l'usine et l'emmenaient vers les champs pour planter les boutures. Quand ils ont terminé l'usine, les cannes à sucre étaient déjà prêtes à être fauchées. Lorsque la Transamazonienne a été construite. J'allais souvent dans le coin, je passais à côté d'Altamira, je voyais les plantations de canne à sucre découper l'immense forêt.

C'est dans cette ville que Médici s'est rendu le 9 octobre 1970 pour fêter le début des travaux de la Transamazonienne. La télévision a diffusé des images du président inaugurant une étape de sa construction et participant à l'abattage d'un arbre à noix du Brésil. Le tronc de cet arbre est toujours là, avec une plaque commémorative : « Sur ces rives du Xingu, en pleine forêt amazonienne, le président de la République a lancé la construction de la Transamazonienne, donnant un élan historique à la conquête et la colonisation de ce gigantesque monde vert. »

Le film *Iracema : Uma Transa Amazônica*, de Jorge Bodanzky et Orlando Senna, est une allégorie des promesses apportées par l'autoroute. *Iracema* remet en cause la propagande de la dictature du début des années 1970. Dès sa sortie, en 1974, le film circule clandestinement dans les ciné-clubs et les universités du pays, mais il ne sortira officiellement dans les salles brésiliennes qu'en 1980, après six ans de censure.

Le personnage principal du film est une incarnation populaire du volontarisme économique du régime militaire. Tião Brasil Grande, brillamment interprété par Paulo César Pereio, incarne un chauffeur rouruer ambitieux et séducteur venu du Rio Grande do Sul. Ce qui anime Tião, c'est l'espoir de devenir riche et la certitude que son travail et son intelligence lui garantiront un destin. Il résume les promesses du « Grand Brésil » de la dictature, mises en scène dans un paysage stratégique : l'Amazonie déchirée par la monstrueuse autoroute.

Dans l'une des scènes, Tião nomme l'essence de notre capitalisme destructeur : « La nature n'est pas du tout une mère ! La nature est mon camion, la nature est la route. »

Les scènes du film, présenté comme un docufiction par ses réalisateurs, sont presque toutes improvisées et la plupart des acteurs sont des amateurs qui vivent dans la région, notamment Iracema elle-même, qui donne son nom au film, interprétée par Edna de Cássia. Iracema est un personnage avec lequel le protagoniste entretient une relation marquée par diverses formes de violence : prostitution de mineurs, exploitation de la pauvreté, manipulation sentimentale, abandon. Iracema est une représentation de tant de femmes amazoniennes réelles, mais aussi une allégorie de la forêt elle-même, violentée par ce processus d'occupation.

De manière presque prémonitoire, Tião achemine au début du film du bois vers São Paulo et à la fin, du bétail vers Acre. Ce tournant dans la trajectoire du personnage illustre le changement de direction du vecteur fondamental de la déforestation qui opère encore aujourd'hui.

L'ambiance poussiéreuse du film et les vêtements de Tião – chemises ouvertes jusqu'au milieu du ventre ou vieux T-shirts avec des publicités sur la construction de l'autoroute, chaînes autour du cou, lunettes d'aviateur et pantalons pattes-d'éléphant – me rappellent les quelques photos de mon père sur les routes.

L'autoroute a déchiré les territoires de vingt-neuf peuples autochtones, provoquant des massacres, des expulsions, de la prostitution infantile et la vandalisation de cultures millénaires. Nos récits politiques les plus critiques à l'égard de la dictature brésilienne parlent peu du génocide indigène perpétré par le régime militaire et les civils qui le soutenaient. Selon la Commission nationale de la vérité, instituée au Brésil en 2011, environ huit mille indigènes ont été assassinés au cours de cette période, et aucun d'entre eux n'a sa place dans les versions dominantes de l'histoire nationale, alimentées par un imaginaire tristement urbain, blanc, côtier et sudiste.

Les villes, les villages et les campagnes qui se sont formés dans le sillage de l'exploitation minière, de l'orpaillage, de la déforestation, de l'élevage traditionnel et de l'accaparement des terres se situent toujours en bas de l'échelle de nos classements en matière de développement économique et social. Le taux d'homicides dans la région est 60 % plus élevé que dans le reste du pays et le taux de chômage des jeunes avoisine le double.

Dans la région nord du Brésil, on continue d'assassiner les militants et les défenseurs des droits de l'homme, d'assassiner les agriculteurs sans terre et les populations indigènes. Ce « on » n'a pas de visage. Il désigne une nébuleuse de fermiers, d'exploitants forestiers, de mineurs et de grands propriétaires terriens qui dirigent la politique locale avec des hommes de main.

À l'époque, dans les années 1960 et 1970, ceux qui ont envahi la région ont tué les gens qui vivaient là. Les accapareurs de terres, les orpailleurs… Ils tuaient juste pour voir le gars tomber, ils tuaient et tuaient. À Sapucaia, dans l'État du Pará, un type possédait une ferme sur des terres qui avaient été volées. Il avait aussi une station-service, un restaurant et quelques chambres qu'il louait, une petite maison d'hôtes. Un jagunço s'est pointé et lui a tiré un coup de calibre 12 au visage, ça lui a arraché la tête. Je venais d'arriver dans la ville, on ne parlait que de ça, mais ça se produisait tout le temps.

Dans cette même zone, toujours au sud de l'État du Pará, la police militaire a tué dix-neuf travailleurs sans terre en 1996, dans ce qui est devenu « le massacre de l'Eldorado des Carajás ». Les images des corps ensanglantés et empilés, des cadavres anonymes publiés dans les journaux, restent en moi comme l'un de mes premiers souvenirs de la violence d'État au Brésil, capable de faucher des vies en masse.

Un peu plus au nord, dans la ville d'Anapu, une missionnaire américaine, Sœur Dorothy Stang, a été abattue de six balles en 2005, sur ordre des grands fermiers locaux qui la menaçaient depuis longtemps. Elle œuvrait pour la défense de la forêt et des petits agriculteurs. De nombreux paysans de la région conservent des photographies de Sœur Dorothy sur l'autel de leur maison, aux côtés de crucifix et d'images de saints.

Et Pedro Paulino Guajajara, un indigène défenseur de la forêt âgé de vingt-six ans, tué en 2019 par des contrebandiers dans le Maranhão, comme tant d'autres, issus de tant de peuples, sur tant de terres, depuis tant d'années.

À la religieuse, aux sans-terre et à la cohorte de chefs autochtones tués se sont ajoutés, en juin 2022, l'indigéniste Bruno Pereira et le journaliste Dom Phillips, exécutés près de la vallée de Javari.

Tout comme les arbres, les corps en Amazonie ne cessent de tomber.

Chaque société participe à l'histoire universelle de la barbarie et apporte son propre tas de décombres. L'écrivaine biélorusse Svetlana Alexievitch, réfléchissant à la catastrophe de Tchernobyl, suggère que « tout ce que nous connaissons de l'horreur et de la peur nous vient de la guerre. Le goulag stalinien et Auschwitz sont des acquisitions récentes du mal. L'histoire a toujours été l'histoire des guerres et des caudillos, et la guerre est devenue, comme on dit, la mesure de l'horreur [...] les informations sur Tchernobyl dans les journaux sont pleines de termes guerriers : atome, explosion, héros... D'où la difficulté de comprendre que nous sommes face à une nouvelle histoire : l'histoire des catastrophes a commencé ».

Mais la guerre n'est pas la seule mesure de l'horreur. Pour de nombreuses sociétés, dont la brésilienne, elle n'a jamais été la source fondamentale de mots et de souvenirs à partir desquels nous composons notre encyclopédie de la brutalité. Nos catastrophes portent d'autres noms : colonisation, génocide, esclavage, racisme, destruction de l'environnement. Leurs instruments sont l'autoroute, les clôtures, les microbes, les navires négriers, le fusil, la hache, le « capitão do mato[1] » – qui a peut-être été la première profession de la classe moyenne à l'époque coloniale.

Ces « capitaines » ont été suivis par d'autres jusqu'à aujourd'hui. Ils portent des uniformes différents mais s'adonnent au même sadisme. Seules les méthodes ont changé, et certaines, rudimentaires et cruelles, font écho aux génocides. Le cas de Genivaldo de Jesus, asphyxié à l'intérieur d'une voiture par deux policiers, relève de la chambre à gaz improvisée. Cela ne s'est pas passé au XXe siècle mais en mai 2022,

1. Chasseur employé pour retrouver et ramener les esclaves qui s'étaient enfuis.

à Um-Baúba, dans l'État de Sergipe, sous nos yeux et celui des passants.

Le cancer suit également une logique coloniale. Il occupe des territoires qui ne sont pas les siens, se nourrit de matière vivante et, s'il est livré à lui-même, il tue son hôte et meurt avec lui. Pour parler du cancer, nous employons des mots comme croissance, expansion, colonisation. Des métaphores spatiales pour désigner une maladie qui est une véritable conquête du corps, un Fitzcarraldo biologique que nous sommes tous capables de développer dans le cadre de notre processus de croissance, de guérison, de régénération cellulaire, de vie – et qui est, en même temps, la deuxième cause de mortalité dans le monde.

Siddhartha Mukherjee, dans son livre *L'Empereur de toutes les maladies*, explique que, dans le cas du cancer, il n'y a pas une maladie unique. Il s'agit simplement d'une catégorie générique recouvrant une immense diversité de phénomènes similaires de croissance cellulaire incontrôlée. En résumant les études canoniques de Weinberg et Hanahan, l'auteur énumère les six étapes fondamentales de la formation d'un cancer : l'activation des accélérateurs de multiplication cellulaire ; la désactivation des freins à la multiplication ; l'évitement de la mort cellulaire programmée, courante dans les cellules saines (ce qui produit l'élan vers l'immortalité de la cellule cancéreuse) ; le potentiel de réplication infini ; la capacité d'obtenir du sang et des nutriments, combustibles pour son expansion ; la capacité de voyager à travers le corps et de s'installer dans d'autres organes et tissus. Cette dernière étape est le moteur de la métastase, un mot que je n'arrivais pas à prononcer – il m'a fallu des mois pour y parvenir – et que, dans mon journal, j'écrivais « mot-M ».

Le « mot-M ». Selon Mukherjee, métastase signifie quelque chose comme « au-delà de l'immobilité » : « un état sans ancrage, partiellement instable, qui capture l'instabilité particulière de la modernité [...]. Le cancer est une maladie expansionniste ; il envahit les tissus, établit des colonies dans des paysages hostiles, cherchant un “refuge” dans un organe pour ensuite émigrer vers un autre ». Comme la dévastation de la forêt, le cancer est l’incarnation de l’évangile de la croissance à tout prix.

Manelão

À cette époque, on chargeait le camion, on passait chez nous, on restait un jour ou deux, puis on reprenait la route.

Comme on était tous célibataires, on avait l'habitude d'aller aux putes avant de partir en voyage. On buvait, on couchait avec une femme, puis avec une autre. C'était comme ça.

Une fois, je suis allé au bordel avec mes amis Nestor et Manelão. Il y avait une très jolie blonde, qui s'appelait Helena. Je crois qu'à l'époque, c'était la plus belle fille de la ville. Helena jouait la sérénade à Manelão. Elle nous a demandé où on allait, on lui a répondu qu'on partait à Manaus, et elle a dit : « Je viens avec vous. »

Du coup, Manelão lui a répondu : « Si tu veux venir, je t'emmène, mais il te faut de l'argent, tu ne peux pas partir sans. La nourriture est chère, sur la route les choses sont chères... » C'était juste une excuse pour qu'elle ne vienne pas.

Elle l'a regardé dans les yeux, la main sur la hanche, et lui a lancé : « Le problème, c'est l'argent, hein ? Alors attends ici. » Elle est sortie dans la cour, où il y avait des jarres à vin empilées sur le sol. Le peu qu'elle gagnait, elle le roulait et le mettait dedans. Elle ne savait probablement pas combien d'argent elle avait entassé.

Helena a saisi sa jarre, s'est mise devant le bar, au milieu de tout le monde, et l'a jetée par terre. Éclatée en mille morceaux, des billets, des pièces et des bouts de verre partout. « Si c'est de l'argent qu'il te faut, le voici. »

Manelão a dit : « Ah, maintenant on peut voyager tranquilles. On y va, Helena ! »

Il avait des vues sur son magot. C'était un voyou, qui ne valait rien.

Elle est partie avec Manelão. Ils ont dû faire une quarantaine de voyages ensemble. Ils se sont mariés, ont eu des enfants... Ils ne se lâchaient pas, mais ils se disputaient tout le temps comme chien et chat. Ils en venaient aux mains, devant tout le monde, un vrai spectacle. Il était très jaloux d'elle, et elle de lui. Après les gifles, ils rigolaient et buvaient ensemble.

À mon avis, ils ne sont plus mariés parce que Manelao a perdu la boule. Ce n'est plus qu'un vieux fou. Il erre dans la ville, sans but, le regard perdu et ses paroles n'ont plus de sens. Ça doit être à force de boire et de prendre des drogues. Ou alors, c'est la méchanceté qui l'a rendu comme ça.

Je ne sais pas ce qu'Helena est devenue. Elle a dû s'enfuir loin de lui.

Manelão a toujours été une brute, un escroc. Il passait son temps à magouiller et aimait arnaquer les gens. Une fois, il a acheté un singe tout calme, tout doux dans l'Acre. À l'époque, il y avait partout des trafiquants d'animaux sauvages, et ils vendaient leurs bêtes au bord de la route. Mais l'animal que Manelão avait acheté n'était tranquille que parce qu'il était soûl. Lorsque l'ivresse est passée, le singe a attaqué Manelão à l'intérieur du camion. Il voulait s'échapper de la cabine par tous les moyens. Manelão a sorti son revolver et a tiré deux fois sur le singe, puis il a jeté la carcasse de l'animal par la fenêtre.

Je conduisais derrière lui. Je me souviens d'avoir vu par la suite le sang de la bête dans la cabine, ainsi que les deux trous de balle sur le siège.

Il aimait aussi escroquer les autres pour obtenir un avantage ou seulement pour la gagne. Quand nous étions jeunes, les gens qui venaient de la campagne attachaient leurs chevaux à un poteau avant d'aller boire un verre au bar. Une fois, j'étais dans un troquet pas loin d'ici, au bord de la rivière, et un gars du coin n'a pas trouvé sa jument en sortant. « Où est ma jument ? » il criait. Manelão l'avait emmenée faire un tour pour l'exhiber en ville.

Il adorait entrer dans un bar, ouvrir la caisse et prendre l'argent comme ça, comme si de rien n'était. Il volait des moteurs de bateau au Pará et les revendait à São Paulo… Et il trompait toujours les autres chauffeurs, il voyageait en cachette, ne partageait pas les infos sur les cargaisons en attente de transport. Il n'avait pas bonne réputation auprès des autres routiers. Mais quand j'ai été opéré du cœur, il est venu me voir trois ou quatre fois. C'est lui qui est venu le plus souvent. Si Manelão était encore en vie, je suis sûr qu'il serait heureux de te recevoir chez lui pour te raconter nos histoires. Un ami est un ami, et ça je ne l'oublierai jamais.

Ce peuple

« — Hélas, dit la souris, le monde devient plus étroit chaque jour. Il était si grand autrefois que j'ai pris peur, j'ai couru, j'ai couru, et j'ai été contente de voir enfin, de chaque côté, des murs surgir à l'horizon ; mais ces longs murs courent si vite à la rencontre l'un de l'autre que me voici déjà dans la dernière pièce, et j'aperçois là-bas le piège dans lequel je vais tomber.
— Tu n'as qu'à changer de direction, dit le chat en la dévorant. »

Franz Kafka,
Petite fable

Mon père et moi avons assisté avec étonnement à une grève historique des chauffeurs routiers en mai 2018. Les grévistes ont investi des dizaines de points stratégiques dans le pays. Ils ont coupé les moteurs, cessé de livrer les cargaisons et empêché leurs collègues de passer. Le Brésil était au bord de l'effondrement et d'une grave crise politique. Nous en parlions au téléphone et les blocages ne cessaient de s'étendre, heure par heure, jour après jour. Comme en juin 2013, la paralysie a duré des semaines, au point que les mots nous manquaient pour nommer les choses.

Les augmentations successives du prix du diesel ont sans doute été l'élément déclencheur, mais de nouvelles revendications sont apparues et ont disparu à la même vitesse que les dirigeants provisoires sont entrés et sortis de la scène. Aux points de blocage, il n'y avait pas de drapeaux de partis politiques, de mouvements sociaux organisés ou de syndicats. On cherchait des emblèmes mais ils se dérobaient à nos yeux.

De nombreux chauffeurs de camion criaient contre la corruption, faisant écho à des mots d'ordre et à des sentiments qui se répandaient dans le pays depuis des années. Une partie de la gauche a décrit ces protestations comme un « lock-out », un complot des patrons, plutôt qu'une manifestation autonome et légitime des travailleurs. L'absence de leaders et d'organisations représentatives – un phénomène bien connu sur notre scène publique ces dernières années – rendait les messages des manifestants illisibles ou difficilement rattachables à un programme politique clair. Journalistes, politiciens, universitaires, commentateurs politiques : étouffés par nos joutes théoriques, nous trébuchions tous sur les faits.

Certains routiers demandaient le retour de la dictature militaire, tandis que d'autres déclaraient voter pour des candidats de gauche. D'autres encore ont confié à des journalistes et des chercheurs qu'ils ne se souciaient guère de politique et qu'ils voulaient simplement être en mesure de ramener de l'argent à la maison à la fin du mois. Profitant du mouvement et de la confusion, des voix plus radicales se sont élevées pour promouvoir un programme d'extrême droite. Parmi elles, celle de Ramiro Cruz, coordinateur du mouvement « Réveil de la conscience patriotique » et militant pour le retour de l'armée au pouvoir. Il adoptait une rhétorique insurrectionnelle sur sa page Facebook : « La victoire est proche ! Camionneurs + Peuple × Légalité × Légitimité = Chute de la Bastille brésilienne !!! Nous allons être fermes, qu'elles viennent, les forces de l'ordre et toutes ces conneries, ici nous sommes braves et nous ne bougerons pas d'un millimètre, parce que nous sommes le peuple et que le peuple est uni. »

On réfléchissait à voix haute. Mon père et moi étions tous deux intéressés par cette série d'événements, mais depuis des places très différentes. Je pensais avec les mots que j'avais appris dans les livres : classe, précarité, sujet historique, démocratie, cooptation, conscience. Il pensait avec d'autres, venus de sa vie pratique : fret, cargaison, carburant, entreprise de transport, patron, impôts, péages.

Qui étaient ces gens ? Des héros de la classe ouvrière manipulés par des patrons du transport routier ? L'avant-garde d'un nouveau mouvement proto-fasciste ? Comment étaient-ils organisés ? Je soulevais des questions similaires à celles de la gauche universitaire dont je fais partie. Des questions qui, pour la plupart, découlent d'une écoute fragile et d'un rare dialogue avec la classe ouvrière – l'incapacité typique des élites intellectuelles à comprendre les travailleurs dans leurs propres termes, habituées qu'elles sont à projeter sur les masses leurs concepts, théories et visions du monde.

L'élite de la gauche universitaire et politique, majoritairement blanche, masculine et économiquement privilégiée, impose souvent une forme cruelle de censure paternaliste aux élans de la classe ouvrière. Didier Eribon, dans *Retour à Reims*, souligne avec justesse l'une des causes de cet écart politique, social et épistémique : « Pour moi, le "prolétariat" était un concept livresque, une idée abstraite. [...] Ce jugement politique "révolutionnaire" [sur le rôle de la classe ouvrière] me servait à masquer le jugement social que je portais sur mes parents, ma famille et mon désir d'échapper à leur monde. »

La projection abstraite de nos concepts sur les groupes populaires est un mécanisme de défense contre leur inclusion réelle dans le débat politique et les institutions culturelles. Au lieu de les réduire au silence par les armes et la censure, souvent nous les faisons taire avec des idées hermétiques et des institutions cloisonnées, qui nous mettent à l'abri d'un véritable dialogue. Les exceptions à ce schéma sont rares et ont généralement lieu dans des espaces auxquels les sujets de ces groupes sociaux ont réussi à accéder avec beaucoup de peine.

Je sais pas vraiment qui sont ces gens. Comment ils font pour réunir autant de personnes ? Qu'est-ce qu'ils veulent ? À mon époque, il n'y avait pas ça.

L'étonnement de mon père durant ces dix jours d'agitation sociale a également marqué la distance qui le sépare de la condition actuelle de ces travailleurs. Leur réalité n'est plus celle qu'il a connue : pas de Nestor, de Manelão ou de Jaques dans la file des chauffeurs qui bloquent les autoroutes. Les routiers que nous avons vus à la télévision n'échappent pas à l'empire numérique. Ils utilisent WhatsApp pour échanger des messages politiques et communiquer avec leurs amis et leur famille. Ils cherchent du travail via des applications sur le smartphone ; et plus seulement dans les stations-service, les points de livraison, ou par l'intermédiaire des « Gatos », ces personnes qui errent au bord des routes et aident les routiers à trouver des missions. Les chauffeurs d'aujourd'hui sont bien plus exposés au risque de vol ou d'enlèvements, ce qui les oblige à équiper leurs camions de nombreux dispositifs de sécurité et de repérage par satellite, autant d'avancées technologiques dont la génération de mon père n'a pas profité.

Certes, il y a des constantes. Beaucoup d'entre eux sont armés, ce qui était commun sur les routes dans les années 1960 et 1970, et la profession demeure majoritairement masculine, malgré une légère augmentation du nombre de femmes chauffeurs de camion qui trouve son origine dans une présence beaucoup plus forte des discours féministes dans la société. La consommation de drogues reste courante chez les conducteurs, mais le traditionnel « rebite » coexiste avec d'autres amphétamines, la cocaïne et les médicaments pour améliorer les performances, tels que la Ritaline et le Vyvanse. L'alcoolisme, le tabagisme et les maladies cardiovasculaires sont encore très répandus et se conjuguent avec une augmentation alarmante des diagnostics de troubles anxieux et dépressifs. Enfin, la plupart des chauffeurs routiers rêvent toujours de devenir des entrepreneurs. Ils forment en quelque sorte l'avant-garde de l'ambition néolibérale qui consiste à transformer les travailleurs en petits entrepreneurs dépourvus de droits et de garanties. Chaque risque pris par ces travailleurs est une affaire privée, et les mauvaises surprises peuvent ruiner les plans de carrière.

Et cela ne date pas d'aujourd'hui. *Jaques est tombé malade alors que nous avions financé ensemble un camion. On allait rembourser le prêt en quarante fois. C'était en 1989. On venait de commencer à payer et deux ou trois mois plus tard, il est tombé malade et ne pouvait plus conduire. Tout ce que je sais, c'est que le camion n'a pas roulé longtemps, on a perdu l'investissement, parce que je n'arrivais pas à le payer tout seul. Et Jaques est mort rapidement, il n'a rien pu laisser à sa femme, parce que le peu qu'il avait économisé, il l'avait investi dans le camion. Tout notre argent a été perdu. Et j'ai perdu mon ami.*

La crise économique et sociale à laquelle le pays est confronté depuis des années affecte ces chauffeurs de manière aiguë, car ils sont immédiatement pénalisés par le ralentissement économique, l'inflation du prix des carburants, la dégradation des infrastructures, la hausse de vols de marchandises et par toute forme de précarisation du travail et de démantèlement de la caisse de retraite.

Je me demande si ces transformations dans la vie matérielle des routiers, dans leur imaginaire, dans les liens de solidarité qu'ils nouent sur les routes, nous aident à comprendre le destin de notre pays. Nous ne le savions pas à l'époque, mais la grève des chauffeurs de mai 2018 a été le prologue d'une élection pas comme les autres en octobre de la même année.

Ces derniers temps, les médias ont diffusé de nombreuses scènes de la vie organique du président du Brésil. Le pays discute de ses intestins. Les journaux ouvrent leurs colonnes à des spécialistes sur ses hernies, ses hoquets, son reflux gastrique et autres affections viscérales. Oui, ce président-là aime exposer ses blessures comme des médailles sur la poitrine d'un vétéran de guerre. Nous voyons le corps présidentiel poser pour les caméras sur un lit d'hôpital, montrer ses cicatrices en live sur les réseaux sociaux et discuter de sa vie sexuelle lors d'événements publics. Tout cela avec beaucoup de naturel, le même que celui employé pour exalter les tortionnaires et se moquer des morts et des malades.

Ce corps s'impose à la nation comme une présence envahissante. Toutefois, chaque exposition de celui-ci devrait nous alerter comme le signe d'une notable absence : les cadavres qui s'accumulent sous son rire de hyène. Ce corps et ses cicatrices semblent inspirés par l'attitude de José Millán-Astray, boucher franquiste et fondateur de la Légion espagnole, qui exhibait fièrement ses blessures de guerre : un visage défiguré, un œil crevé, un bras en moins, un sourire édenté. Il arborait ses cicatrices comme des signes de la supériorité de ceux qui aiment l'odeur du champ de bataille et s'excitent devant les cadavres de leurs ennemis. Son corps mutilé servait de monument vivant à la persécution des opposants, à la fermeture des universités, au mâle militarisé et à la politique du *Viva la muerte*.

Pour mon père et les autres patients que j'ai rencontrés ces derniers mois, la perception de la souffrance d'autrui ouvre souvent la voie au dialogue et à l'empathie. Dans les couloirs de l'hôpital ou dans l'attente de la prochaine séance de radiothérapie, il est fréquent que des malades engagent une conversation avec lui dès qu'ils remarquent sa poche de colostomie ou sa sonde urinaire. Souvent, ils dévoilent leurs propres cicatrices et dressent la liste des médicaments qu'ils prennent, évoquent les longues heures passées à attendre le prochain rendez-vous, les hauts et les bas du traitement. Ils échangent des tuyaux pour contourner la bureaucratie hospitalière et, de temps en temps, se glissent dans un fauteuil, se rapprochent pour confier, à voix basse, comment ils gèrent l'incontinence urinaire, les diarrhées fréquentes, l'impuissance sexuelle, la peur de la douleur et de la mort.

Audre Lorde, dans son livre *Journal du cancer* qui raconte au jour le jour son traitement du cancer du sein, parle de la quantité de patientes à l'hôpital qui partageaient avec elle leur histoire et leurs impressions sur la vie après une mastectomie. « Nous comparions nos observations sur les infirmières et les exercices, nous nous demandions si le beurre de cacao ralentissait la tendance à la formation de chéloïdes chez les femmes noires. » Des femmes qui se sont croisées en combattant la maladie, qui ont tissé des liens sur une trame de doutes et d'angoisses renvoyant aux mêmes troubles, aux mêmes questions fondamentales : comment vivre, aimer et être désirées après l'amputation d'un sein.

Dans *Devant la douleur des autres*, Susan Sontag remet en question l'idée convenue selon laquelle les images de la souffrance, comme celles qui inondent l'actualité en période de conflit armé, sont une source d'affects dotée d'un réel pouvoir politique. L'observation quotidienne de la douleur d'autrui, au contraire, soulage l'individu par une mise à distance du mal – le fameux ça n'arrive qu'aux autres – qui génère un sentiment d'autosatisfaction paralysant.

Ce raisonnement s'applique non seulement aux images, mais aussi aux chiffres. Surtout quand les cadavres se comptent par milliers. Depuis mars 2020, je sacrifie au rituel obsessionnel de consulter chaque jour le nombre de victimes de la Covid dans le pays. Or, les chiffres deviennent si énormes qu'ils perdent leur impact, incapables de nous dire quoi que ce soit de nouveau. J'ai l'impression de faire partie d'un public qui assiste, bouche bée, à un spectacle effroyable où nos poumons et nos tripes sont mis à nu. Quelle est l'importance, pour la planète, que 3 409 personnes soient mortes le 27 mars 2021, ou que 879 nouveaux décès aient été enregistrés le 12 février 2022 ? Lorsque le nombre de personnes décédées du Covid-19 a atteint mille par jour au Brésil, avec la complicité active des politiques qui n'ont rien fait pour enrayer la propagation du virus, j'ai réalisé que je ne comprenais pas ce chiffre. Connaîtrais-je un jour le nom de mille personnes ? Ai-je déjà serré contre moi autant d'âmes ? Puis-je me voir – ma vie, mes privilèges, mon vaccin, mon télétravail, mon assurance maladie – à l'envers, dans le nombre exorbitant de cadavres que la vie publique brésilienne a accumulés et offerts en spectacle au cours des deux dernières années ? Où suis-je dans ce nombre ? Où sont mes amis et mes étudiants ? Et mon père, où est-il ?

Occupés à compter nos morts, à soigner nos malades et à gérer nos vies au cours d'une pandémie aggravée par l'horreur politique quotidienne, nous n'avons toujours pas réussi à transformer ces chiffres en mots, en récits qui puissent donner du sens à notre étonnement et générer une force d'action politique.

En changeant la poche de colostomie de mon père, j'apprends que l'intestin exposé ne ressent même pas la douleur…

Aujourd'hui, nous sommes entourés d'images et de chiffres qui signalent l'état de combustion dans lequel se trouve ce corps-pays. Il n'est pas facile de retrouver le sens de l'urgence et de la responsabilité face à tant de tragédies catalysées par les occupants des plus hautes fonctions de la République.

Un premier pas consisterait peut-être à détourner notre regard des corps en flammes et à l'orienter vers les mains qui continuent à attiser les brasiers. Je pense au geste de la poétesse noire nord-américaine Claudia Rankine qui, dans son livre *Citizen. Ballade américaine*, retouche des photographies connues et hideuses de lynchages dans le sud des

États-Unis au cours des premières décennies du XXe siècle. Rankine efface des images les corps noirs pendus et conserve le reste de la scène. Ce que l'on voit dans les nouvelles versions de ces photographies très connues, ce sont les visages enthousiastes de la foule, leurs corps blancs rassemblés, vêtus d'habits du dimanche. Sur l'une d'entre elles, un jeune homme sourit en montrant la cime de l'arbre où, sur la photographie originale, deux hommes noirs sont pendus.

La puissance des photomontages de Rankine souligne la portée politique des images : une fois les photos de lynchage altérées et le spectacle cruel de l'exposition des cadavres noirs effacé, il ne reste que des visages blancs rieurs et excités, insensibles à la barbarie, sûrs de leur statut de bons citoyens.

La lumière doit tomber sur le rire de la hyène.

La dévastation politique et sociale de ces dernières années trouve son origine dans les plis de l'autoritarisme brésilien. La destruction est devenue politique d'État, le grossier organise l'esthétique officielle, la sophistication des idées est un motif de persécution. Notre mal, dans sa forme la plus récente, transforme des zones d'ombre en motifs de fierté nationale : les scieries au milieu de la forêt, les centres de torture, les ruelles où sévissent les escadrons de la mort, les « chambres de bonne » dans les appartements, le mari violent à la maison, la ruelle sombre où les travestis sont passés à tabac, la « petite salle » des supermarchés où les vigiles agressent de jeunes Noirs démunis. Ces scènes obscures de la vie quotidienne deviennent des modèles éthiques, des références esthétiques et le moteur pulsionnel d'une nouvelle cartographie de la destruction.

L'orpaillage illégal constitue l'institution modèle. Une ruée vers l'or contemporaine consistant à sucer le lit des grandes rivières afin d'en extraire les précieuses paillettes. Une guerre ouverte pour la ressource dans laquelle les mieux armés gagnent et ceux qui conservent encore quelque chose d'humain pâtissent.

Un jour, un sociologue quelconque écrira un livre sur l'éthique orpailleuse et l'esprit du capitalisme brésilien, cette monstruosité qui naît de l'affinité élective entre l'expérience crue de la frontière – une économie primitive d'accumulation dont le carburant est le pillage et la mort – et les dividendes des cols-blancs. Une affinité qui révèle les liens profonds entre la déforestation systémique, les immeubles de bureaux miroitants de l'avenue Faria Lima à São Paulo, et les palais du pouvoir dans les vingt-six capitales du pays.

Avec la matière épaisse de sa vie politique, le Brésil invente ses propres allégories. Dans notre triste fable c'est le loup qui, des postes les plus hauts, hurle à tous : « Regardez-moi, je suis là et je peux vous dévorer. » Il s'impose à la meute et s'inscrit dans les têtes, détruisant tout ce qui pourrait faire corps social ; ce corps multiple et polyphonique dont on a pu penser qu'il se renforçait au fil du temps, même à un rythme très lent. Malin, le loup flatte le peuple mais déteste tout ce qui sent la société. Les sous-sols crasseux et les poteaux d'exécution de la dictature lui manquent. La bête nous regarde droit dans les yeux, mange notre chair et suce nos os, tout cela en se grattant le ventre et en riant de nos tentatives pour la nommer.

Il est vrai que le loup et sa meute ne resteront pas éternellement au pouvoir. Mais le temps social est différent du temps électoral, ce cycle de renouvellement périodique des dirigeants qui est la caractéristique minimale d'une démocratie. Pasolini, alarmé par l'état de la culture dans l'Italie des années 1960, nous avait avertis, vingt ans après la chute de Mussolini, que « le vrai fascisme est celui qui s'attaque aux valeurs, aux âmes, aux langues, aux gestes, aux corps du peuple ». Ici, les urnes ont indiqué de nouvelles directions politiques, mais la brutalité récente risque de jouir d'une survie féconde. Elle montrera encore longtemps son visage tordu et ses dents acérées dans nos institutions publiques, dans notre langue asséchée par la binarité vulgaire ; sur les réseaux sociaux infiltrés par la propagande, dans les déjeuners de famille, les cabinets médicaux, les commissariats de police, les fêtes d'anniversaire, les offices religieux, dans les ruelles sombres et, bien sûr, sur les autoroutes.

Jaques

Jaques était mon compagnon de route, de bar, de fête et de castagne. Un ami qui mesurait un mètre cinquante, mais qui pouvait affronter n'importe qui.

Il ne portait que des shorts et des tongs. Si une bagarre éclatait au milieu d'un chemin, il jetait ses tongs sur le côté et commençait le combat par une balayette.

Je me souviens d'un épisode : on attendait pour traverser sur un ferry et c'était au tour de Jaques de passer, j'étais derrière lui. C'était pour franchir le fleuve Xingu et se rendre à Belém. Quand le bateau est arrivé, deux camions ont débarqué – il n'y avait de place que pour deux camions à la fois. Tout à coup, un autre routier se pointe avec son camion et se met devant Jaques et moi. Il a coupé la file en disant que c'était son tour. Il faisait presque deux fois la taille de Jaques.

« Je traverse, je m'en cogne », a balancé le type grand comme un montagne.

Jaques s'est mis en colère. Il a dit que c'était notre tour et qu'on allait monter sur le ferry. Ils ont commencé à se crier dessus, à se montrer du doigt. La montagne a fini par se frapper sur la poitrine en disant : « Je suis un homme, un vrai et je vais traverser en premier. »

Jaques jette alors ses deux tongs sur le côté et répond : « Moi je suis petit, mais je n'ai pas besoin de me frapper sur la poitrine et de dire que je suis un vrai mec, car tout le monde ici peut voir que je le suis. » Et il lui a fait une balayette si violente que le type s'est écroulé au sol.

Jaques avait l'habitude de donner de coups de pied au niveau de la poitrine et déclenchait des disputes pour un rien. Jaques disait : « Didi, t'as pas à t'interposer ! Tu t'en mêles pas ! Laisse-moi faire, je me débrouille. » Et comme j'aime pas me battre, je me contentais de l'encourager et de regarder. Je connaissais la bête.

C'était le roi des vantards, Jaques. Il était doué pour les balayettes, pour boire de la cachaça et inventer des histoires.

Une fois, on est allés à Rio Branco dans l'État de l'Acre. À l'époque, les entreprises de transport accrochaient sur la bâche jaune du camion des banderoles blanches où était inscrit en rouge pour bien attirer l'attention : « Entreprise de transport Machinchose, à destination de je ne sais pas où ». Rio Branco étant au bout du monde, on faisait la publicité de l'entreprise de transport tout au long de la route.

On a quitté Jaú et on a pris la direction de l'Acre. On a traversé Presidente Prudente, puis la frontière entre São Paulo et le Mato Grosso, la ville de l'autre côté s'appelle Bataguassu. On s'est arrêtés à une station-service, il était environ sept heures du soir, et on a bu quelques rabo de galo, un cocktail local. Jaques se tenait debout, une main sur la hanche, un pied sur son genou et l'autre sur le sol. Le propriétaire du bar nous a demandé où on allait. Jaques a répondu : « On va à Belém do Pará, il y a une agence de la Banque du Brésil qui ouvre là-bas et on a une grosse cargaison de billets de cent balles tout neufs dans le camion. Le reste ce ne sont que des téléphones et des calculatrices. » Un tissu de mensonges. On transportait des vieux fauteuils de bureau, de la papeterie, des armoires, des trucs usés qu'ils avaient jetés à l'agence de São Paulo pour les envoyer à Rio Branco.

Mais il y avait deux gars à côté qui n'étaient peut-être même pas des bandits, mais dont les ambitions ont grandi lorsqu'ils ont entendu que le camion était chargé d'argent. Ils ont volé le bouchon du réservoir du camion de Jaques et quand nous sommes partis, ils nous ont suivis. Le gars a commencé à klaxonner pour nous montrer qu'ils avaient le couvercle du réservoir. Jaques, malin comme un singe, s'est rendu compte que les deux resquilleurs voulaient le piéger.

Alors il a accéléré et a lancé le camion à toute vitesse sur les gars. Il les a presque percutés, une vraie pagaille !

J'étais dans mon camion, juste derrière et j'ai tout vu : Jaques avançait et reculait. Quand les gars ont compris qu'ils n'allaient pas pouvoir l'arrêter, ils ont roulé devant nous pendant cent ou cent cinquante kilomètres puis ils se sont arrêtés pour qu'on les dépasse, et là ils ont recommencé à nous poursuivre. C'est à ce moment que Jaques a vraiment eu peur, tout son courage avait disparu.

Tout est parti en vrille. On s'est arrêtés à Coxim, un peu plus loin, où il y avait un poste de police et une station-service. C'était là qu'on devait dîner et dormir.

Jaques est entré dans la station comme un fou, en criant « Au voleur, au voleur ». La police, surprise, lui a demandé : « Mais il où est ce voleur ? » Jaques a expliqué la situation au policier.

La nuit a passé, le jour s'est levé et pas de voleur à l'horizon. Tant mieux.

Nous avons continué. On a dépassé Cuiabá et on a pris une route de terre. Un peu plus loin, il y avait une montagne surnommée Caixa Furada. Chaque montagne portait un nom différent : Curva da Onça, Cabeça do Cristo, Ponta da Coruja… Je venais de gravir la Caixa Furada et je vois Jaques s'envoler sur la piste. Il était environ deux heures et demie de l'après-midi et les types étaient revenus, cette fois avec un pick-up. La camionnette est apparue en face et fonçait vers lui, il a lâché le camion et s'est enfui à toutes jambes dans la brousse. Si vite qu'il a disparu à l'horizon. Il a mis environ une heure et demie pour revenir.

Un peu plus loin, dans un petit village appelé Jangada, Jaques s'est rendu au poste de police pour parler à l'officier adjoint. « Je veux qu'on m'escorte pendant au moins deux jours pour que je puisse échapper à ces bandits, car cela fait deux jours qu'on les fuit et qu'ils nous collent aux basques. » L'adjoint lui a répondu qu'il n'avait pas de policiers pour nous, « mais si vous voulez, il y a deux pistoleros qui peuvent vous escorter ; voici l'adresse, dites-leur que c'est moi qui vous envoie ».

Les pistoleros ont accepté le job sans hésiter. Jaques leur payait la nourriture et leur journée de boulot. Et s'il trouvait les bandits, ils avaient ordre de tirer – c'est ainsi que le policier leur avait dit de faire. À l'époque, il n'y avait pas de contraintes, les pistoleros tuaient et tout le monde le savait. Les deux hommes sont venus avec un fusil de chasse de calibre 12. Ils sont montés dans le camion et ont passé le reste de la journée avec nous, ainsi qu'une partie de la nuit. On a dormi, on a repris la route le lendemain et on n'a rien vu. Au bout de deux jours,

Jaques les a payés et les a laissés partir. On a mangé dans le coin puis on a repris la route.

Plus loin, il y a un endroit appelé Pimenta Bueno. L'oncle Nerso avait l'habitude d'y acheter du bois, et il était là. Jaques et moi on s'y est arrêtés dans l'après-midi, la nuit commençait à tomber. « On dort ici, je ne voyage plus la nuit », a dit Jaques. J'ai répondu d'accord.

On s'est garés à la station-service, on a pris une douche, on s'est accoudés au bar, il a commandé un rabo de galo, et moi une petite cachaça et puis on est allés dîner. L'oncle Nerso était là, mais Jaques ne l'a pas vu. Crois-le ou non, Nerso s'est approché derrière lui, l'a touché avec ses deux doigts et lui a dit : « Haut les mains ! » Jaques s'est évanoui. Il a perdu connaissance, est tombé par terre en tremblant. Nous l'avons secoué jusqu'à ce qu'il revienne à lui. On a fini notre petit verre, on a discuté avec Nerso, on a dormi sur place… et il n'y a plus eu de voleur.

Jaques est mort du sida quelque temps après. Tu l'as rencontré quand tu étais enfant.

Je me souviens que juste avant qu'il ne tombe malade, on revenait d'un voyage à São Luís do Maranhão. Il m'a dit : « Didi, il faut faire gaffe car une nouvelle maladie incurable est apparue, un virus qui tue. On dit que ça s'appelle sida. Celui qui l'attrape ne guérira jamais. » Je n'en avais jamais entendu parler, c'était au tout début de l'épidémie. Puis il l'a attrapé et il est mort quelques années plus tard.

Jaques était le diable incarné. Je sais que Dieu l'a gardé en bonne place.

La cabine

> « Vous savez comment c'est ? Vous avez déjà souffert de l'air qui est toute nostalgie. On dit qu'il y a la nostalgie de l'esprit et la nostalgie du cœur… Ah, et on dit que le gouvernement va faire ouvrir une bonne route carrossable de Pirapora à Paracatu, pas loin d'ici… »
>
> João Guimarães Rosa,
> *Grande Sertão : veredas*

Tu as été conçu dans la cabine d'un camion.

Mes parents m'ont conçu à la fin de leur voyage de noces, dans la cabine d'un camion garé dans une station-service près de Marília, à São Paulo. Dans le journal de ma mère, figure une brève note sur cette dernière nuit de voyage : « Le 3 mars, nous nous sommes arrêtés à une heure et demie pour dormir à Marília et nous sommes arrivés à Jaú à neuf heures. »

Depuis que je suis enfant, mes parents me parlent de leur lune de miel et commentent la façon dont j'ai été « fait » sur le chemin du retour. Ils en parlent également à leurs amis, à leur famille et à leurs nouvelles connaissances. Ils racontent comment j'ai été conçu sur la route, ils en rient encore et ma mère me répète : « C'est pour ça que tu aimes tant bouger ! » Et ils n'hésitent pas à montrer des photos. Sur l'une d'elles, ils posent devant un camion Mercedes bleu clair, mon père appuyant son bras droit sur l'épaule de ma mère, elle entourant la taille de son homme. Il porte un short et une chemise ouverte jusqu'au nombril ; elle ose un T-shirt lilas avec un bermuda orange, ses cheveux bouclés par la permanente qu'elle s'est faite pour le mariage. Il est sérieux, elle sourit. À côté du camion, il y a deux tabourets, un petit réchaud à gaz et des ustensiles de cuisine pour la préparation des repas sur la route – au départ de Jaú, ils avaient pris la précaution d'emporter une cantine pleine de morceaux de viande frite et remplie de saindoux pour conserver les aliments le temps du voyage. Il n'est pas possible d'identifier le lieu précis où la photo a été prise : une autoroute poussiéreuse, un pâturage dans les environs, n'importe où entre Jaú et Belém.

Mon père est arrivé à Jaú avec le camion chargé du matériel qu'il allait livrer à une usine d'aluminium en construction au Pará. Ils se sont mariés le lendemain à l'église Notre-Dame-de-l'Apparition. Ils ont passé la nuit en ville, ont roulé ensemble jusqu'à Belém pour y déposer la cargaison, puis sont rentrés. Ce fut pour ma mère le plus long voyage de sa vie, un chemin presque ordinaire pour mon père qui l'avait déjà parcouru des dizaines de fois.

Cette lune de miel dans la cabine d'un camion porte l'empreinte des origines de mes parents. Elle témoigne de leur appartenance à une classe sociale où le travail, les loisirs et l'imaginaire du pays s'entrecroisent pour tisser une trame de vie à partir des images et des mots du quotidien. Je vois dans cette histoire une sorte de mythe fondateur, une aventure qui me lie à la route de manière à la fois intime et lointaine.

Ils sont sortis ensemble pendant neuf ans, mais ma mère me le rappelle sans cesse : « Si on fait le compte, notre relation avant le mariage n'a duré même pas deux ans, parce que ton père était toujours sur la route. » Le manque et l'attente du mariage ont été les thèmes centraux du journal qu'elle a tenu tout au long de leur liaison. Elle vivait chez ses parents, travaillait, assistait à la messe et participait à des groupes de prière, retrouvait ses amis les plus proches le week-end et attendait mon père. Durant cette relation à temps partiel, elle a été ouvrière à l'usine de tissage Camargo Correa à Jaú, tout en faisant de la couture en libéral et en aidant ma grand-mère pour les tâches ménagères. Auparavant, elle avait travaillé comme femme de ménage et cuisinière dans la maison d'une riche famille libanaise qui était propriétaire du plus grand magasin de la ville. L'art de servir, ma mère l'a cultivé très tôt en trimant dans les champs et en s'occupant de ses trois jeunes frères. Plus tard, alors que mon père se remettait de sa première opération du cœur, elle a été bonne à tout faire dans un hôpital et femme de ménage dans une résidence de religieuses.

Le journal de ma mère est composé de déclarations de *saudade,* de poèmes d'amour extraits des magazines féminins de l'époque et de collages de photos sentimentales qu'elle découpait dans la presse people.

> « Le 11 août 1983, nous nous sommes inscrits à l'église pour la préparation du mariage qui aura lieu à 18 heures. »

> « Le 28 août 1983, nous avons suivi le cours des mariés de 7 h 30 à 17 heures. Le soir, nous sommes allés à la kermesse. Dimanche. »

« Nous avons été ensemble de 10 heures du matin à 23 h 20. Nous sommes restés ensemble pendant treize heures et vingt minutes. C'était merveilleux. Si Dieu le veut, dans cinq mois, nous serons mariés. »

« Le 2 octobre 1983, ce dimanche, ça fait douze jours que j'ai vu mon amour pour la dernière fois. Il m'a téléphoné pour me dire que tout allait bien et qu'il ne reviendra que le 12 ou le 13. »

Plus le mariage approche, plus le journal décrit une routine trépidante d'activités et d'inquiétudes. Il fallait se dépêcher pour distribuer les invitations, commander la robe de mariée à une couturière qui était la cousine de mon père, recevoir la visite de proches impatients de voir les cadeaux tous soigneusement placés sur le nouveau lit double et photographiés en même temps que les visiteurs.

Enfin le mariage et le voyage : « Le 11 février, on s'est mariés, Didi et moi. C'était une journée merveilleuse. Nous nous sommes mariés à 18 heures à l'église et à 18 h 30 à la mairie, après nous avons pris des photos dans le jardin de notre maison et puis nous avons dîné chez ma belle-mère. Après le dîner, on est passés voir tante Sula. Je suis rentrée à la maison pour me changer avant de retourner chez ma belle-mère pour la tombola et puis nous avons dormi à l'hôtel Capelinha. Une nuit merveilleuse. »

Ma mère décrit brièvement chaque partie du voyage dans son journal : les pauses, les connaissances rencontrées sur le chemin, les promenades à Belém (l'église, le parc, le marché, les cafés), les traversées en ferry et le quotidien de la route : « Le vendredi 17 février 1984, nous avons déchargé le camion et pris le ferry à 4 h 30. Le 18 février, je suis resté chez Zefa le samedi, et Didi est allé chercher des livraisons. Il a rencontré par hasard Luiz Carlos et Manezinho, du coup nous avons déjeuné chez Zefa et le soir, après le dîner, sommes allés au bar pour boire un Coca-Cola. »

L'écrivaine Annie Ernaux traite dans son œuvre, sous différents angles, un sujet capital : l'histoire d'une fille qui s'éloigne de la classe d'origine de ses parents et qui tente de les comprendre, tout en essayant de donner un sens à sa propre place dans le monde. Tove Ditlevsen, James Baldwin, Didier Éribon, Édouard Louis, parmi d'autres arpenteurs des couches sociales, ont construit des « récits d'appartenance » aux classes populaires dans le même esprit. Ces récits sont l'histoire d'une sorte de trahison, nous dit Ernaux, d'un abîme entre différentes manières de se situer dans le monde et les tentatives laborieuses de jeter des ponts, de créer des espaces de rencontre faits de souvenirs, de lieux, de mots, de saveurs et de sentiments.

Il existe un trait commun dans l'histoire de ceux qui ont connu le processus complexe et marquant des transclasses : au fil des ans, ils se sentent obligés de s'éloigner de ceux qui leur ont fait découvrir le monde. Nous sommes obligés et nous nous obligeons à nous détacher des habitudes de nos proches, de leurs gestes, de leur manière de gérer l'argent, leur maison et leur corps, de leurs goûts et, surtout, de leurs mots. Mais malgré ce processus sinueux de déconstruction et de reconstruction, il y a quelque chose qui insiste. Nous portons partout nos « habitus clivés », selon la formule de Pierre Bourdieu, cette sorte de pont à double sens à la frontière du moi et de l'univers social multiple que nous habitons. Cette impression de rupture est encore plus prégnante dans les sociétés fracturées par les inégalités comme l'est le Brésil, et elle affecte prioritairement la structure subjective et les liens sociaux de ceux qui n'appartiennent pas au groupe racial dominant. La psychanalyste et psychiatre Neusa Sousa Santos l'a magistralement expliqué dans son livre *Tornar-se negro* (Devenir noir), dans lequel elle analyse les stratégies inconscientes et les formes de souffrance subjective des Noirs qui ont connu une ascension sociale au Brésil au début des années 1980.

Cette double appartenance de classe se condense souvent en un ressenti diffus et persistant de culpabilité, d'aliénation sociale et institutionnelle ; un sentiment envahissant d'inadéquation et d'insuffisance ; une peur fréquente de « tout perdre », la responsabilité du bien-être des parents – maintenant que nous avons commencé à monter dans l'échelle sociale, nous ne pouvons pas les laisser derrière nous.

Nous avons des accès de colère face à ces scènes quotidiennes d'injustice qui révèlent le moteur infernal de la reproduction des élites. Nous témoignons de cette inégalité organique tous les jours, où que nous allions, et en général notre compréhension de ces phénomènes est instantanée. Les transclasses ont souvent un talent pour l'analyse sociale, ce qui compense rarement le coût personnel de leur condition duale.

Personne n'a élaboré le drame de ce capitalisme périphérique mieux que Machado de Assis, qui fréquentait lui-même divers milieux sociaux. Ses romans et nouvelles sont peuplés de personnages issus de l'élite brésilienne, aux talents et aux réalisations médiocres, mais qui parviennent néanmoins à s'assurer une place de choix au sommet d'une société malade qui côtoie avec un cynisme feutré le libéralisme européen. À l'autre extrémité de la pyramide, Machado dresse un riche tableau des victimes de la violence matérielle et symbolique du pays : des personnes libres mais dépendantes de leurs maîtres blancs d'une part et d'autre part des individus esclaves pour lesquels le risque de mourir physiquement s'ajoute à la lente mort sociale.

Ma mère n'a plus jamais tenu de journal et n'a pratiquement pas écrit de lettres après ma naissance.

Sa dernière note est un mot adressé à mon père. Elle le signe en son nom et en mon nom, alors que je n'étais qu'un nouveau-né. Ces lignes sont la préhistoire de mon écriture, ainsi qu'une sorte d'adieu à la chose écrite pour elle :

> « Dido, je t'aime.
> Je ne suis heureuse qu'avec toi à mes côtés.
> Moi, toi et notre fils.
> Chaque jour je t'aime davantage.

Maintenant il y a deux cœurs qui t'aiment, le mien et celui de notre fils.

Dido, souviens-toi de celle qui t'aime beaucoup et qui t'attendra toujours.

Dirce – et le fruit de notre amour, notre fils. »

Ce passage où Ernaux parle de sa mère me semble étrangement familier : « J'étais certaine de son amour et de cette injustice : elle servait des pommes de terre et du lait du matin au soir pour que je sois assise dans un amphi à écouter parler de Platon. » Les histoires de parents et d'enfants qui ont eu des trajectoires scolaires radicalement différentes sont toujours traversées par des silences et des dérobades. Pourquoi ? Parce que des pans entiers de notre vie quotidienne, de notre travail, de nos lectures, de nos goûts et de nos dépenses sont impropres à la transposition dans l'univers parental.

Un jour, alors que j'expliquais à mon père que, pour mon doctorat, j'étudiais les aspects politiques liés à l'architecture et aux logements sociaux, il m'a ordonné sans détour : *Dis-leur que les pauvres méritent des maisons plus grandes.*

Dans un travail universitaire, un tel énoncé serait découpé et donnerait lieu à d'interminables discussions sur l'épistémologie du « discours » du chercheur (qui doit parler au pouvoir ?), sur les décisionnaires publics et privés des politiques du logement (qui sont les acteurs ?) et sur la construction historique et politique d'idées telles que le « rêve de devenir propriétaire » (l'éternel débat sur l'insertion sociale des plus pauvres par le biais de la consommation).

Rien de tout cela n'est sans valeur. Je me consacre à ces questions dans le cadre de mes recherches et je m'en préoccupe sérieusement. Mais je reconnais que, bien souvent, il suffit de leur dire que les pauvres méritent des maisons plus grandes – tout le monde comprend à qui cela s'adresse.

Ce qui m'appartient

> « Le pessimisme fut quelque fois "organisé" jusqu'à produire, dans son exercice même, la lueur et l'espoir intermittents des lucioles. Lueur pour faire librement apparaître des mots quand les mots semblaient captifs d'une situation sans issue. »
>
> Georges DIDI-HUBERMAN

Je joue au truco, mais je n'ai plus de cartes en main. Je bluffe, et pour l'instant, je gagne.

Depuis le diagnostic de son cancer, il calcule combien de temps il pourra continuer à bluffer : la plupart du temps, il conclut qu'il lui reste deux ans à vivre. Dans les meilleurs jours, ce chiffre s'élève à trois ou quatre. Ou bien il se contracte discrètement, comme dans les mots qu'il a choisis pour me souhaiter une bonne année 2022 : *Je suis heureux de commencer l'année avec vous.*

La parole de mon père, comme celle de tout vieillard, est peuplée de morts et de ruines. On y trouve des tronçons de route qui ont déjà été engloutis par la forêt, un garage qui a été transformé en cabinet dentaire, des bordels qui ont fait place à des églises évangéliques, des bois d'enfance qui sont devenus des plantations de canne à sucre, des rivières poissonneuses qui sont aujourd'hui remplies d'eaux usées. Sa mère et son père sont morts, ses frères et sœurs et ses amis ont disparu. Le langage lui-même invite à cet effondrement : son discours est tissé dans la confusion des temps verbaux, dans la coexistence de mots nouveaux et d'autres érodés par le temps, dans les clins d'œil nostalgiques et l'affabulation comme antidote aux dérapages de la mémoire.

Dans nos conversations, lorsqu'il finit de raconter une histoire, il a l'habitude de conclure : *c'était la vie.* Le temps du verbe dans la phrase, ce passé énigmatique, multiplie les sens du mot « vie » : dans un premier sens, la vie qui mérite ce nom était celle de la jeunesse du corps et du travail sur la route – et elle est déjà passée. Ou bien la vie est quelque chose de plus grand et elle continue, mais elle est susceptible de se terminer bientôt, c'est pourquoi il utilise le passé comme une annonce, une reconnaissance tragique et un clin d'œil de solidarité à notre deuil à venir, un deuil qui sera le nôtre, pas le sien. Parce que nous savons tous que la vie c'est ça.

La mutation biologique que le corps de mon père connaît depuis quelques mois s'accompagne d'autres métamorphoses.

La maladie ouvre un nouveau terrain du sensible. Mon père apprend à naviguer dans la phénoménologie complexe du cancer : pots et cartons de médicaments qui se multiplient, poches, adhésifs, matériaux de différentes viscosités, substances qui entrent et sortent du corps pour le maintenir en vie et fonctionnel.

Audre Lorde nous dit que chaque amputation « est une réalité physique et psychique qui doit être intégrée dans un nouveau sens de soi ». Je crois que l'on peut en dire autant de l'ajout de ces nouveaux membres artificiels qui font corps avec le corps – poches de colostomie, sondes, drains, couches, cathéters, bandages, déambulateurs, holters, pansements et prothèses chimiques qui rétablissent les processus physiologiques dégradés.

À tout cet attirail s'ajoute une vaste cartographie : des liasses d'ordonnances et de rapports médicaux, résultats d'examens, certificats de vaccination, bracelets en plastique, protocoles à suivre, tickets de salles d'attente, factures… Tous ces papiers dans une atmosphère de gémissements, de sonneries insistantes jaillies des panneaux d'affichage, de bruits de chaises déplacées, de phrases mille fois répétées : « le médecin n'est pas encore arrivé », « il faut être patient », « il faut prendre un autre ticket », « quel médicament prenez-vous ? », « attendez », « il faudra revenir demain ». Un univers d'expressions de soutien, bien ou mal placées : « tout ira bien »,

« il faut avoir la foi », « vous êtes fort ». Des archives publiques de cas comparables, transmises de manière sélective au patient afin que seules les histoires de réussite lui parviennent.

Le rituel épuisant de l'attente, le lent écoulement des heures de chirurgie, des jours de radiothérapie, des mois entre les rendez-vous. Le calendrier des changements de poches de colostomie et de sondes urinaires. Les minutes angoissantes précédant le rendez-vous, lorsque mon père n'avait pas pu uriner depuis quarante-huit heures et qu'il avait l'impression d'exploser de l'intérieur.

Une écologie d'odeurs et de fluides corporels qui ne sont pas à leur place, certains très familiers, d'autres nouveaux. Odeurs de produits chimiques pour nettoyage lourd, odeurs d'hôpital, odeurs de la matière non retenue par les poches et leurs fermetures imparfaites, et une nouvelle odeur que nous avons appris à identifier : celle de la tumeur et de sa matière visqueuse.

Une immense forêt de savoirs et de silences : les procédures sont présentées, questionnées, refusées, contrastées, mal expliquées, incomprises, oubliées. Nous nous retrouvons dans un système énigmatique de conflits de pouvoir, de responsabilités connectées comme les maillons d'une chaîne que nous ne maîtrisons pas.

La plupart des médecins parlent trop vite, trop bas et utilisent trop de termes techniques. Mon père entend de moins en moins bien, et les masques imposés par la pandémie font qu'il ne comprend presque rien à ce qu'ils disent. Mon frère et moi sommes habitués à jouer le rôle de haut-parleurs et traducteurs, phrase par phrase. Les infirmières, en revanche, élèvent toujours la voix quand elles se rendent compte de sa perte d'audition.

Au milieu de ce brouhaha, mon père nous informe que c'est à nous de prendre les décisions concernant son traitement : *Tout ce que toi et João pensez que je dois faire, je le ferai.*

Pour l'entourage du malade, l'interprétation des signes devient une routine incessante. La maladie est une forêt de symboles, une scène propice à la lecture continue de sensations, de couleurs, d'odeurs, de volumes, de températures, de récits, de douleurs et de consistances qui peuvent ou non vouloir dire quelque chose, qui peuvent ou non être des symptômes, qui peuvent ou non avoir un sens. Avoir un sens ici, c'est être témoin des humeurs du cancer.

Des changements de couleur des selles indiquent une aggravation possible de la maladie, une douleur étrange dans le dos peut être un signe de métastase ou simplement un effet de la vieillesse, des difficultés à uriner peuvent ou non indiquer que la tumeur a atteint la prostate, et que dire de la perte de poids sinon qu'elle peut cacher une bonne ou une mauvaise nouvelle.

Il est facile de franchir la ligne qui sépare la vigilance de la paranoïa diagnostique. Nous ne savons jamais quand il faut arrêter de donner du sens aux signaux du corps. Nous devenons les interprètes obsessionnels d'un corps-texte en constante mutation ; une œuvre ouverte qui impose toujours une autre lecture, un nouveau choix de mots afin de construire une digue autour de ce trop-plein de douleurs, de sons, de fluides, d'odeurs, de couleurs et de sensations que nous observons directement ou à travers les mots du malade.

Mon père fait partie de cette communauté de lecteurs. Il est le seul à avoir accès aux différentes manifestations de ce corps, aux couches les plus profondes, inconnues de nous tous. Comme l'écrit Tolstoï, le ressenti du mourant Ilitch est irréductiblement singulier : « Il ne voulait pas se mettre au lit et restait couché sur le divan. Presque toujours le visage tourné vers le mur, seul il s'abandonnait à ses douloureuses et insolubles pensées ; "qu'es-tu donc ? Es-tu véritablement la mort ?" » Le malade vit le réel de son infirmité comme un naufrage.

Nous manquons terriblement de mots-maladies. Virginia Woolf, citoyenne remarquable d'un monde fait de souffrances et de mots, a constaté que l'anglais manquait de ressources pour traiter des processus pathologiques – ce qui est étonnant, compte tenu de la place centrale qu'occupe la maladie dans l'expérience humaine. « L'anglais, qui peut exprimer les pensées d'Hamlet et la tragédie de Lear, n'a pas de mots pour les frissons et les migraines. Il s'est développé dans une seule direction. La moindre écolière amoureuse de Shakespeare, Donne ou Keats peut dire à sa place ce qu'elle a au fond du cœur ; mais qu'un malade tente de décrire quel est son mal de tête à un médecin et aussitôt le langage se tarit. »

À l'hôpital, face à un corps qui souffre en trois dimensions, les médecins répètent une question misérablement linéaire : « De zéro à dix, pouvez-vous noter votre douleur ? » L'état du patient est traduit dans la langue étrangère des scanners, des tests de laboratoire, des marqueurs tumoraux, des palpations rares et des touchers précaires.

Au fil du temps, en écoutant mon père et en devenant plus intime avec son vocabulaire, je commence à découvrir les limites des discours utilisés pour donner un sens à cette expérience : le cancer comme une lutte ; le cancer comme une étape avant la guérison ; le cancer comme une cause possible de décès ; le cancer comme un mal imprononçable ; le cancer comme un élément du quotidien. Tous ces discours culturels sont partiellement vrais et pathétiquement pauvres. À n'utiliser qu'en cas de besoin.

De l'autre côté de la table se trouve l'oncologue, qui ne regarde que rarement mon père. Il passe la quasi-totalité de la consultation à fixer l'écran de l'ordinateur et à ajouter des mots au dossier médical auquel nous n'avons pas accès. Les spécialistes se contredisent par le canal opaque ces documents numériques : un urologue recommande une intervention chirurgicale, un chirurgien refuse l'opération à cause du risque cardiaque, un deuxième chirurgien propose d'opérer une autre partie, distante de la tumeur initiale, un cardiologue n'est pas d'accord avec le premier chirurgien, un deuxième cancérologue ne comprend pas les décisions du premier, un troisième chirurgien n'est pas d'accord avec tous les autres.

Les spécialistes ne communiquent que par le biais des dossiers médicaux qu'ils consultent à la hâte, lorsque le patient est déjà devant eux et que des dizaines d'autres attendent d'être reçus.

Nous sommes régis par des protocoles qui orchestrent les mouvements des corps et la distribution des rôles. Bernadet nous dit dans son récit d'un patient cancéreux : « Ils étaient les médecins de mon cancer… les médecins du protocole… Une caractéristique de cette dimension robotique est la mise à distance du corps du patient. Le toucher est l'exception, tout passe par l'intermédiaire des images, des examens et des rapports. La poignée de main est une simple formalité. » Parfois, j'ai l'impression que certains médecins sont plus des gardiens du protocole que des spécialistes du cancer et encore moins les médecins de mon père.

Le territoire du corps de mon père est divisé en circonscriptions. Celles-ci sont dirigées par des spécialistes du cœur, des maîtres des entrailles, des docteurs en urètre, des dompteurs de cellules folles. Avec leurs instruments, ils explorent le corps, établissent des territoires sous leur juridiction, les portions où ils peuvent planter le drapeau de leur spécialité, comme des géographes impériaux traçant des frontières sur une carte coloniale.

À chaque déplacement entre les services de l'hôpital, le démembrement de mon père prend forme, un processus graduel qui me fait toujours penser aux images de bovins accrochées dans les boucheries, où chaque partie de l'animal est circonscrite et nommée.

Un corps malade demande à être vu comme un tout, mais il n'entend que des réponses partielles. Il compose avec ses frontières fragiles : mon père est un et il souffre.

La psychanalyse nous enseigne depuis des décennies que nous ne naissons pas un. Nous arrivons au monde pulvérisés dans une mer de sensations, de membres, de sons et de fluides qui, par un processus imaginaire, prennent progressivement un semblant d'unité. Cette fiction ontologique selon laquelle nous sommes un est peut-être l'une des plus anciennes pierres sur lesquelles nous avons construit la civilisation occidentale – la croyance que nous avons des frontières physiques et psychiques qui nous séparent du monde et des autres, ce qui permet une certaine promesse de continuité au long de notre histoire et un aspect de cohérence et d'autonomie dans notre réalité subjective. Sans cette illusion, nous sommes jetés dans l'abîme infernal de l'indifférenciation entre nous-mêmes et le monde. D'où notre crainte de tout ce qui menace de nous déchirer, que ce soit matériellement ou en tant qu'image de nous-mêmes. Le corps sans frontières et sans unité, c'est ce qui définit l'angoisse au centre de la folie, ou les utopies politiques de mise en réseau des corps et des affects, typiques d'une critique contemporaine de l'identité, de l'un, de l'intégration.

Cependant, le corps de mon père, fragmenté par le savoir médical, n'est pas le corps morcelé du psychotique ou des alliances somatiques de Haraway ou Deleuze : c'est plutôt le résultat d'une opération de pouvoir qui segmente pour voir, contrôler, traiter et, espérons-le, guérir. Sa résistance est innocemment moderne : il y a là une personne, un homme avec un nom et une histoire, un être vivant qui souffre et a besoin de soins, un sujet qui aime et a peur, un citoyen avec des droits, une créature qui continue à nourrir la fiction d'être un, qui revendique sa plénitude au-delà des pièces établies par le savoir médical.

Si mon père était avocat, ingénieur ou homme d'affaires, s'il avait un doctorat comme moi, aurait-il un corps au-delà de la somme de ses parties ? Pourrait-il encore entretenir l'indispensable illusion d'être un ?

Il est vrai que l'opération de cloisonnement du patient est un chapitre de l'histoire de la médecine qui a été fondamental pour que chacune de ses spécialités puisse avancer. Mais cette logique est aussi politique : dans sa mise en action, au quotidien des cliniques et des hôpitaux, elle dévoile une structure sociale dans laquelle les sujets des classes ouvrières sont soumis à une sorte de chaîne de montage, dans des services assez précaires, et à la violence administrative qui traverse le mouvement des corps des travailleurs dans les couloirs et les chambres de ces immenses machines kafkaïennes.

Les questions des patients ou de leurs proches sont presque toujours reçues comme un signe d'irrespect vis-à-vis de l'autorité médicale. Plus d'une fois, nous avons assisté à des scènes absurdes de grossièreté ou de mépris, presque aussi violentes que la maladie à combattre.

L'un des médecins, en criant, accuse mon frère de vouloir des réponses à tout. Puis il dit qu'à ce moment-là, ce qu'il conseille, c'est le « jeûne et la prière ».

Ma mère regrette de ne rien pouvoir faire puisque nous dépendons d'eux.

Mon père : *On dirait que lorsqu'on pose des questions, ils nous traitent encore plus mal.*

Je suis une catastrophe écologique, dit-il en plaisantant, faisant référence à la matière organique gluante qui s'accumule dans ses couches gériatriques. Nous rions ensemble de la façon dont il parle de cette petite réserve de déchets qui se forme là, un mélange fait de matières mal dirigées, du désordre des choses, de cette promiscuité entre l'urine, la sueur et les sécrétions de sa tumeur au contact de l'aine et des fesses, qui saturent les plis de la peau flasque de mon père.

Nous nous habituons à vivre avec ce corps douloureux qui ne peut plus bouger avec aisance. Petit à petit, nous apprenons une nouvelle chorégraphie des soins. C'est Carolina, l'aide-soignante, qui m'a appris à nettoyer et à changer la poche de colostomie pendant que j'aidais mon père à se doucher pour la première fois. Carolina l'a fait avec une sympathie discrète et la minutie d'un artisan japonais. Dans cette salle de bains d'hôpital, mon père vivait l'un de ses moments les plus destructeurs, et je me demandais si, en sortant, je serais en capacité d'affronter une nouvelle réalité, une vie dans laquelle je devrais assumer le rôle d'aide d'un père malade.

Lorsque, inévitablement, l'intérieur et l'extérieur se mélangent, il faut bien que quelqu'un se charge du nettoyage. La plupart du temps, ce quelqu'un, c'est lui-même – mon père. Mais souvent, c'est moi, mon frère ou ma mère, surtout après chacune des interventions chirurgicales, lorsqu'il est diminué pendant des jours, voire des semaines.

Philip Roth a saisi cette expérience dans quelques-unes de ses meilleures pages, décrivant sa rencontre avec les excréments de son père malade : « On nettoie la merde de son père parce qu'elle doit être nettoyée, mais dans le sillage du nettoyage, tout ce qu'il y a lieu de ressentir se ressent comme jamais encore auparavant [...]. Du jour où l'on passe outre son dégoût, où l'on ignore son écœurement et l'on se jette à l'eau pour échapper à des phobies aussi fortement ancrées que des tabous, la vie offre énormément à chérir. Tel était mon patrimoine, non pas l'argent, non pas les téfilines, non pas le bol à raser, mais la merde. »

Mon héritage, ce sont les mots de mon père, les mots des histoires de mon enfance et ceux que j'ai entendus ces dernières années alors que je l'aidais à s'occuper de son corps miné par la maladie.

Il se souvient avec nostalgie du travail accompli sur l'autoroute Mogi-Bertioga, l'un des plus beaux paysages qu'il ait jamais vus. Il est impressionné par la capacité de l'homme à découper les coteaux, à percer les rochers, à dynamiter d'énormes portions de montagne pour dessiner cette route sinueuse. Et il est enchanté par la vue sur la mer, juste en dessous, à quelques kilomètres de là. *J'y ai travaillé pendant des années, mais la vie d'un chauffeur est sur la route, alors je n'ai jamais trempé mes pieds dans la mer pendant tout ce temps.*

Quelle est cette façon de voir un pays par ses marges goudronnées, par ses lieux de passage ? Mon père s'est rendu dans peu de capitales du pays, même s'il les a toutes contournées en camion. La géographie des routiers est celle des connexions, ils habitent des espaces de vie qui, pour d'autres, sont transitoires et sans importance. En l'écoutant, je cherche à comprendre quelle est la part de vérité dans cette existence scandée par les passages. Ce n'est pas un hasard si le mot « route » est une métaphore si usée, si souvent utilisée pour désigner un long processus d'apprentissage, un voyage existentiel, une lente transformation – la vie, en somme. C'est souvent sur le chemin de Damas – et non à Damas – que nous apprenons à voir autrement.

Ce qui m'appartient, c'est à moi de l'affronter.

C'est du cancer et de son élan destructeur qu'il parle. Mais l'ombre de la mort n'est pas seulement le contenu caché de cette phrase, elle est aussi l'endroit d'où il l'énonce. Walter Benjamin nous dit que « la mort est la sanction de tout ce que le narrateur peut raconter. Son autorité, c'est à la mort qu'il l'emprunte ». Quand je relis cette phrase que mon père a prononcée un des jours les plus critiques de son traitement, je me dis que l'absence presque totale de traces écrites et d'images de sa vie sur les routes était aussi la garantie de son autonomie d'alors et d'aujourd'hui, en tant que chauffeur routier et en tant que narrateur. La liberté de raconter, de choisir ce qu'il veut partager avec moi, les mots qu'il adresse à quiconque l'interroge sur sa vie. Dans ces conditions, lui seul pouvait affronter son histoire et élaborer ce qui lui appartenait.

Alors, il prend sa place de narrateur et l'occupe avec le même courage que devant les dégâts et humiliations de la maladie et l'artillerie des procédures médicales.

Après l'une des chirurgies, lorsqu'il s'est réveillé, la bouche encore molle et la diction troublée par l'anesthésie, il a déclaré avec fierté : *Je suis doué pour les combats au couteau avec les médecins.*

Après chaque opération, il pose toujours les trois mêmes questions à ses chirurgiens : *Quand est-ce que je pourrai à nouveau conduire ? Quand est-ce que je pourrai boire de la bière ? Et me faire un bon barbecue ?*

En avril 2022, après des mois d'impasse dans son traitement et divers désaccords entre les médecins qui s'occupaient de lui, nous avons décidé d'entendre l'avis d'un nouveau cancérologue. Il analyse tous les examens, écoute mon récit et préconise une consultation avec un chirurgien gastrique le jour même. Tous deux décrivent séparément le même scénario d'évolution de la maladie si la tumeur n'est pas retirée immédiatement. J'entends l'horreur décrite avec un tel professionnalisme et une telle honnêteté graphique que je n'ai pas pu les raconter en détail à mes parents et à mon frère.

« Je n'opérerai votre père que si le cardiologue me garantit qu'il ne mourra pas sur la table d'opération », me dit le nouveau chirurgien. Le cardiologue nous met en garde contre les risques, mais estime que son cœur tiendra le coup.

En mai, le chirurgien gastrique a retiré la tumeur et une grande partie du côlon et du rectum, ainsi qu'une petite partie de la prostate où une boucle d'intestin était collée. Il n'y avait aucun signe de tumeur ailleurs. Après l'opération, le médecin m'a demandé si je voulais voir une photo de la « pièce » qui avait été enlevée. Je veux bien. Sur l'écran du téléphone portable, je vois pour la première fois cette masse rouge-brun qui obstruait déjà la dernière partie de son intestin et qui avait traversé la paroi de l'organe. Cette tumeur m'a paru à la fois diabolique et ridicule. Il a également montré l'image à mon père et en a expliqué chaque partie : ici la tumeur, ici la partie de l'intestin qui allait jusqu'à la colostomie, qui a été reconstruite, en dessous l'anus, qui avait également été amputé.

Docteur, on dit qu'il faut un cul pour avoir peur. Alors maintenant, je n'ai plus peur de rien.

L'autre jour, il a dit au téléphone qu'à partir de maintenant, il vivrait pour nous – moi, mon frère, ma mère. Bien sûr, ce commentaire est un clin d'œil à sa finitude. Mais c'est aussi une affirmation de son rôle dans la vie, quelque chose comme un « regardez : je compte, je suis encore là ».

Et il est toujours là. En tant que chauffeur routier, mon père a appris à cuisiner, ce qui est rare chez les hommes de sa génération. Les longues distances entre les restaurants et la nécessité d'économiser la nourriture l'obligeaient à cuisiner au bord de la route, avec un réchaud et très peu d'ustensiles. Il est devenu un cuisinier accompli et, au fil du temps, il a élaboré un menu à lui.

Sa spécialité est la viande. Peu de gens font des barbecues comme mon père. Il est ami avec son boucher préféré, le seul de la ville qu'il admire encore, après des années de disputes et de ruptures avec tous les autres – il jure qu'aucun d'entre eux ne savait faire les découpes correctement, qu'ils vendaient du chat pour du lièvre, qu'ils ne le recevaient pas avec suffisamment d'attention.

Mon plat préféré est la polenta qu'il prépare à la perfection, plus molle que dure, avec une sauce au poulet mijoté, surmontée d'un œuf au plat. Mais il est également connu de ses amis et de sa famille pour son riz carreteiro, son poulet rôti avec des pommes de terre et de la saucisse fumée, son filet de bœuf cuit à la bière, sa langue de bœuf à la sauce tomate et sa feijoada qui est si incroyable qu'on la mangerait à genoux.

Aujourd'hui encore, à chaque fois que nous bavardons au téléphone, il me demande si j'ai déjà dîné. Il dit souvent : *Ma plus grande crainte est que vous n'ayez rien à manger.*

Ces dernières années, il s'est consacré à la préparation de gamelles pour ses deux fils. Nous les emportons avec nous lors de nos visites à Jaú. Sur le dessus de chaque boîte, il colle une étiquette décrivant le plat : *viende aché, fejuada, ri caretero, socisse.* Les mots sont ainsi, écrits comme il les entend. C'est son orthographe, un art aussi personnel et vrai que les plats qu'il prépare.

J'ai laissé la plupart de mes livres à Jaú pendant que je faisais ma thèse aux États-Unis. Mon père a construit une bibliothèque pour les abriter. En plus d'avoir fabriqué le meuble, à chacune de mes visites, il me faisait la même blague : il disait avoir lu une nouvelle étagère de livres et qu'il les aurait bientôt tous lus. Auparavant, lorsqu'il venait nous voir à la cité universitaire, mon frère et moi, il prétendait que les étudiants le regardaient et disaient : *Regardez ce vieux professeur.* Ou bien : *On m'a invité à donner une conférence sur les camions.* Quand je lui dis que je suis en train d'écrire un article ou de préparer un cours, il garde ce ton amusé et me lance : *Eh bien, si tu as des questions, tu me dis pour que je puisse te donner des idées.*

De mon côté, visiter mon père à l'hôpital m'a appris à pratiquer une sorte d'humour miroir. Je joue à me promener dans son monde. Je dis que mes amis de la route et le lever du soleil sur la Mogi-Bertioga me manquent. Je dis que lorsque je travaillais dans l'atelier de M. Ítalo, j'ai fabriqué un portail qui a duré plus de soixante ans, et que la cachaça dans le bistrot de Mme Iolanda, au coin de la rue, me fait toujours rêver. Et combien j'ai envie de prendre le ferry en camion sur le fleuve Negro, de revoir le mascaret, de surmonter les bourbiers sur ces chemins de terre, de revoir la forêt dans le nord du pays.

Après un mois de récupération à São Paulo, mes parents sont retournés à Jaú en juin 2022. Le traitement se poursuit à la maison. Mon père a récemment acheté de nouvelles boîtes plus solides pour préparer les gamelles. *Comme ça, ça durera plus longtemps et je pourrai encore plus cuisiner pour vous.*

Lorsque je leur ai rendu visite peu après l'opération, nous nous sommes assis dans le jardin juste après le dîner. Les soirs où il fait chaud, il s'y repose habituellement dans un fauteuil à bascule.

« Tu t'assois ici pour prendre l'air et réfléchir à la vie, n'est-ce pas, papa ? »

Ah, penser à la vie… la vie est la vie, il n'y a pas grand-chose à penser.

REMERCIEMENTS

À Rita, mon excellente éditrice et soutien de la première heure, et à toute l'équipe de Fósforo.

À Michele, Marcela, Felipe et Helena, pour leurs paroles et leur regard généreux.

À Ana, qui m'a accompagné lors de cette traversée.

À Caio, Fred, Lívia et Mathias, compagnons pour d'autres inventions.

À Santiago, mon chat et camarade d'écriture.

À ma mère et mon frère, immenses.

À mon père, pour tout ce qui a déjà été dit et bien plus encore.

TABLE

Cet ouvrage a été achevé d'imprimer sur Roto-Page
par l'Imprimerie Floch à Mayenne
pour le compte des Éditions Grasset
en mars 2024

Mise en pages
PCA 44400 Rezé

PAPIER CERTIFIÉ

Grasset s'engage pour
l'environnement en réduisant
l'empreinte carbone de ses livres.
Celle de cet exemplaire est de :
700 g éq. CO_2
Rendez-vous sur
www.grasset-durable.fr

N° d'édition : 23157 – N° d'impression : 104418
Dépôt légal : avril 2024
Imprimé en France